Blodsmak
– en historie om hevn

av Renate Pettersen

Tittel: Blodsmak – en historie om hevn

ISBN 978-82-999554-2-3

Forfatter: Renate Pettersen
Enerett for forlaget Renate Pettersen, Norge 2016

Kapittel 1

Lyset la seg som en varm, stikkende stripe over det ene øyet. Det plaget henne langt mer enn den urytmiske dunkelyden. Solstripen skar gjennom hjernen hennes. Det ville bare kreve noen få cm til den ene eller andre siden for å unnslippe, men tanken alene var nok til å gjøre henne – om mulig – enda mer svimmel. Hun var ubehagelig varm. Arkitekter som plasserer soverom vendt mot soloppgang burde fått en hard straff. Henrettelse i badstue eller i det miste juling med nålefylt sokk.

Etter å ha ligget slik en stund og lyttet til rask og grunn hvesing, og dunking, skjønte hun at det var en brystkasse hun lå på. Tett omslynget og med hodet på brystkassen hans, som for å kjenne nærhet med denne totalt fremmede. Han var klam og glatt. Det føltes som kinnet hennes var klistret fast med noe. Det var totalt motbydelig å tenke på, men var tanken på å bevege seg var verre. Det luktet gymsal og skittentøy av rommet hun lå i. Nå og da sveipet luft utenfra inn gjennom vinduet, men etter lukten å dømme stod det søppelkasser rett utenfor. Luften derfra gjorde ingenting for å bedre situasjonen.

Hun lurte på om han var redd, siden hjertet hans hamret så fort. Hva hadde han å være redd for. Han våknet da i det minste hjemme hos seg selv, konstaterte hun med en viss

4

selvmedlidenhet. Kanskje ventet han på at hun skulle dra. Han ville sikkert ha henne ut så fort som mulig. Men på pusten hans hørtes det ut som han fremdeles sov. Kroppen hennes var uansett ikke i stand til å dra akkurat nå.

Hun lurte på hva han het. Han må ha sagt det i går. En eller annen gang mellom gårsdagens gode stemning og nåtidens kvalme virkelighet må han da ha sagt det. Hvis hun tenkte grundig nok ville hun nok komme på det. Han hadde sikkert også sagt noe om hva slags musikk han hører på, og noe om et fotballag. Spilte han eller så han på? Det hadde forsvunnet i et sort hull i løpet av natten.

Hun kunne ikke huske stort av gårsdagen, bortsett fra musikken. Lyden av Aerosmith ringte fremdeles i hodet hennes. Hjertet i brystkassen under kinnet dunket tidvis i samme takt. Nine lives – live for ten. Sangen var fra 90-tallet og brakte henne rett tilbake til tenårene. Hun hadde blitt så ivrig og glad da den brått lekte over høyttalerne. Hun og Stine hadde reist seg fra bordet for å danse. Det hadde vippet litt og de unge, parfymerte guttene de satt med hadde holdt det igjen, mens de så opp på dem med smil som ikke kunne skjule sjokket over den plutselige iveren deres. Eller var det medlidenhet? Det hadde ikke spilt noen rolle i går.

Hun husket at de danset, mens de snakket litt for høyt om guttene som hadde satt seg ved bordet deres. De måtte være ti år yngre, minst. Velflidde, med gelé i håret og nystrøkne skjorter. Hun kunne ikke skjønne hva de hadde i en brun bule å gjøre. Stine mente de var veldig kjekke, og fniste som en fjortis. Madelen var ikke enig, de var for polerte. Det var noe utiltalende ved menn som så ut til å bruke lenger tid foran speilet enn hun selv. De var for unge og hadde et drag av noe ondskapsfullt over seg. Noe nedlatende, som om de trodde de var bedre enn henne. Det var provoserende. Men det var ikke Stine som hadde blitt med en av dem hjem. Tanken sendte vonde støt fra magen og nedover beina. En matthet over sine egne idiotiske avgjørelser la seg som et blyteppe over henne.

Da fottrinn banket bortover gulvet utenfor, skvatt hun opp. Kinnet pulserte i smerte etter å ha blitt rykket løs, fra hva det enn hadde vært klistret fast med. Hjernen spant av den plutselige bevegelsen og hun krympet seg et øyeblikk, før hun så seg omkring. Veggene var dekket av plakater – fotballspillere og noe som antageligvis var band hun aldri hadde hørt om. En fillerye lå krøllet sammen i et hjørne. På en benk foran en liten tv lå skitne tallerkener og tomme colaflasker. Dette var ikke en voksen manns soverom.

«Jørgen, er du våken?» spurte en irritert mannsstemme rett utenfor døren. Jørgen, ja. Nå husket hun det. Jørgen som sa han likte alt mulig av musikk, men som hadde sukket og himlet med øynene til hver eneste sang de hadde hørt i går. Hun sluttet å puste da hun kom på hvor hun hadde hørt den stemmen før – stemmen utenfor døra. I panikk så hun seg rundt etter klærne sine. Bhen var fortsatt på. Flaks. Hun pustet igjen, men så stille hun klarte. Resten av klærne fant hun i en haug ved fotenden av senga.

Så lydløst som hun klarte forsøkte hun å åle seg inn i klærne uten å reise seg helt opp. Selv om en dusj av gulgrønn magegugge ikke ville gjøre så mye fra eller til, på akkurat dette rommet, så hun for seg at skikkelsen på andre siden av døren ikke kom til å ta det særlig pent. Det hamret på døra nå. Hvert slag på døren føltes som det ble levert direkte til hjernen hennes. Skuldrene føk opp, som om de kunne nå høyt nok til å dekke de nå så følsomme ørene. Sengetøyet knitret ved den minste bevegelse. Gnisset mot hverandre. Hver eneste brett og krøll sendte en gjennomtrengende lyd gjennom huset. Dette var sengetøy som var ment for å avsløre. Det var rett og slett en sadistisk felle for korttenkte, impulsstyrte libidoslaver. Det var ikke annet å gjøre, hun ville bli nødt til å reise seg for å få kledd på seg uten å avsløre at det var flere her inne.

Et stønn smatt forbi leppene hennes før hun rakk å stanse det. «Jørgen?!? Jørgen, hvem har du der inne?» Hun forbannet seg selv, og satte opp farten på påkledninga. Det føltes som det tok en evighet. Ett buksebein var på vranga, det andre var krøllet sammen så hun måtte forsøke igjen og igjen for å få det fram. Sokkene manglet fullstendig, og en av stroppene på toppen var røket. Hun lurte på hva i huleste som egentlig hadde foregått her i går kveld, men visste av erfaring at hun ikke kom til å komme på noe svar.

Den hvesende pustingen fra andre enden av senga ble stillere og hun skjønte at han måtte være våken nå. Hun frøs fullstendig, midt i kampen for å få buksa over rumpa uten å klirre med naglebeltet og myntene i lomma. Han skjøv seg opp på albuene og smilte til henne. Smilet var vennlig denne gangen. Innbydende og vakkert. Hun angret umiddelbart på at hun hadde irritert seg over lydene hans. Håret stod opp som på et lykketroll, på overarmene bulte fantastiske muskler som ikke var spart for en eneste treningsøkt. Under den stramme brystkassen kunne hun skimte antydning til en sixpack. Et øyeblikk ble hun helt satt ut av synet, før hun så øynene. At hun ikke hadde sett det i går. Det var som å se en yngre versjon av ham. Hun måtte ha drukket hjernen fullstendig ned på lobotomipasientnivå som ikke hadde sett det. Igjen dundret det på døra og hun la en finger foran leppene. Hun kjente hvordan blikket hennes nå måtte være nærmest panisk, men hadde ingen kontroll over det. «Det går helt fint, han er ikke sint på ordentlig,» sa han rolig, med en stemme hun også følte hun også burde ha kjent igjen i går.

«Jørgen, lås opp NÅ.» Stemmen på den andre siden av døra var vant til å bli adlydd. Han måtte ikke finne henne her. Da ville alt være ødelagt. Han ville miste den lille respekten han kanskje hadde for henne. Hun ville aldri i verden klare å gjøre opp for dette, hvis han fant det ut. Og han ville i hvert fall aldri like henne som hun likte ham. Jørgen slang perfekte bein over sengekanten og reiste seg litt ustøtt. «Du kan bli til frokost, ikke se så stressa ut,» sa han vennlig, mens han gikk mot døra.

Hjertet hennes hadde dundret seg opp til halsen, gråten presset bak øynene hennes. Hun måtte ta en lynrask avgjørelse, og etter å ha sett skammen, arbeidsledighet og en kald skulder der hun trengte en utstrakt hånd, fly foran øynene sine gjorde hun det eneste hun kunne komme på. Hun bykset mot vinduet, og idet hun hørte låsen på døren klikke, smatt hun ut.

Lysrøret i taket blunket. Det andre var permanent slukket, siden ingen hadde giddet å gjøre noe med det da røret gikk for et par år siden, så lyset var behagelig dempet. Kaffetrakteren gryntet og den vidunderlige duften av fersk kaffe lekte i luften. Madelen

9

nynnet for seg selv mens hun tømte oppvaskmaskinen, så stille hun kunne. Stemningen på jobb var så rolig og fin på morgenen og hun følte at hun forstyrret ved å klirre med koppene, selv om hun var helt alene i bygget. Hun haltet bort til sitt eget skrivebord med kaffekoppen i hånda. Det vil si, skrivebordet hun delte med et surrehue, som hadde latt alle fakturaer fra fredag ligge igjen på pulten. Med et misbilligende blikk så hun på haugen og skjøv den lenger over på Helenes side av bordet, mens hun satte seg ned. Der tok hun av seg skoene og sokkene for å lufte et gnagsår hun hadde fått av de nye skoene sine.

Hun jobbet intenst med faktureringen, besvarte e-posten som hadde kommet inn i går kveld og sjekket at dagens kjøreruter var som avtalt. På et vis ble samvittigheten litt lettere av at hun fikk unnagjort så mye før han kom på jobb. Som om hun kunne jobbe unna det som hadde skjedd. Hver gang døra gikk skvatt hun, så velkomsten til sjåfører og andre kolleger ble til korte, nervøse nikk i stedet for den hjertelige velkomsten hun hadde tenkt seg.

«I huleste – har du ikke sovet i natt eller?» gliste Steinar gjennom grått, skittent skjegg. «Høh, ser jeg sliten ut?» Hun satte opp livredde øyne, men lente seg bakover i stolen på en måte hun mente fikk henne til å se nonchalant ut. Han lo hjertelig. «Nei, du har aldri vært her før ni på en mandag før.» Skuldrene senket seg litt. «Noen av oss har oppgaver å få unnagjort vet du,» freste hun og snudde stolryggen til ham. Hun klemte tennene hardt sammen og lot som om hun ikke hørte at han fremdeles lo, mens han sjekket hylla si og spradet tilbake ut i lastebilen.

Hun satt fortsatt og freste på innsiden da han kom inn, så hun reagerte ikke på døra som gikk, men hun gjenkjente lyden av skrittene hans. Mens han helte seg en kaffekopp holdt hun pusten og hadde ingen anelse om hun burde snu seg eller blir sittende. Hånda dirret da den sakte strakte seg ut etter en faktura, for å understreke at hun hadde kommet tidlig for å jobbe. Det intense ønsket om at hennes effektivitet i dag kom til å gjøre opp for helga, brant i henne. I sitt stille sinn ba hun til guder hun vanligvis ikke trodde på, om at han ikke skulle ha visst at det var henne.

Hun følte seg skitten og ekkel. Nesten som hun hadde voldtatt ham. Hun hadde ikke det. Han hadde villet det. Han hadde tatt initiativet til alt som hadde skjedd. På et vis følte hun at hun burde stoppet ham. Visst at han var for ung. Vært den som bremset ham og heller gått hjem alene. Kanskje til og med spandert taxi hjem for ham og dratt uten å røre ham. At han var tjuenoe og i stand til å bestemme sånt selv hadde vært en fattig trøst denne helgen. Han var antageligvis nesten femten år yngre og sønnen til sjefen. Bygget som en gresk gud, med verdens vakreste smil og kloke, tankefulle øyne. Akkurat som faren sin.

«God morgen, Madelen. Så hyggelig å se deg her så tidlig. Rekker du å fullføre og sende meg Statoilpresentasjonen før lunsj, da kanskje?» Stemmen hans traff henne rett i mellomgulvet. Dyp, myndig, men trivelig. Hun hveste fram et hest «yup,» før hun grep etter neste, tilfeldige faktura. «Er Helene syk? Hvis du skal ta inngående fakturaer for henne må du melde til meg først. Det har du egentlig ikke tid til i dag.» Hun la den fra seg og nikket, mens hun hørte skrittene hans gå videre innover og opp trappen.

Hun prøvde å lese over hva hun hadde skrevet inn i presentasjonen han hadde bedt om, men oppfattet ikke et eneste ord hun leste. Forvirringen overtok henne. Så blid han var. Da kunne han sikkert ikke vite at det var hun som hadde vært med guttungen hans hjem på fredag. Men hva hadde han for planer hvis hun ikke rakk å hjelpe Helene? Som akkurat kom sveipende inn døra, frisk men sur som alltid. Mente han faktisk oppgaver, eller mente han at hun snart måtte ut?

Mens hun grublet, og forvirret seg selv med en masse spørsmål hun ikke kunne besvare, hørte hun Helene sutre om helgen. Noe om en gutt hun hadde vært ute med som mente at hun skulle betale for seg selv, mens hun tok fram lommespeilet og fikset på sminken. Den trengte tydeligvis oppfrisking etter de ti minuttene hun hadde måttet bruke i bilen på vei til jobb.

Hun stakk først den ene, så den andre, hånda ned i den dypt utringede toppen og dro opp puppene så kløfta ble perfekt. «Er Øystein på jobb ennå?» Spurte hun mens hun ennå justerte til perfekt høyde og sprett. «Mhm, han er vel på kontoret sitt,» svarte hun, mens hun håpet silikonet til Helene ville sprekke, og at sminka størknet så ansiktet kunne passe den stive, ubevegelige personligheten hennes. Høye hæler klikket seg mot Øysteins kontor og Madelen så for seg hvordan hun smilende lente seg over skrivebordet hans, så puppene nærmest veltet over kanten av den trange toppen. Perfekte, smale hofter vrikket seg over gulvet. Det allerede korte skjørtet sled en anelse lenger opp for hvert skritt Helene vrikket fremover. Mens blodspruten skvatt oppetter veggene i hodet hennes, fordi et mentalt balltre gjøv løs på boblehodet, ringte heldigvis telefonen. Balltreet hang i den virtuelle luften mellom Madelens ører, og hun måtte guide en sjåfør som ikke visste helt hvor han skulle. Snart gikk tankene hennes over på noe annet.

Rett før lunsj sendte hun presentasjonen og skuldrene hadde senket seg ned til normalnivå. Nå sank vissheten om at hun hadde sluppet unna over henne. Smilende gikk hun for å spise, med Helene sutrende bak seg. «Hvorfor skriver de aldri kaloriinnholdet på maten de setter fram? Tror de vi bare gir faen?» Spurte hun, idet hun svingte inn på toalettet. Madelen ristet på hodet, og sa ikke at de fleste faktisk gir faen, mens hun

fortsatte inn til kantina – klar til å trykke innpå så mange kalorier

som hun rakk på en halvtime.

Da klokken nærmet seg 16 pakket hun sammen sakene

sine, og gjorde seg klar til å gå hjem, da en e-post tikket inn i

innboksen hennes. Fra Øystein. En setning. «Kan du komme inn til

meg før du drar i dag?» En glødende isbit vokste fram i magen

hennes. Fort skrudde hun av PC-en og bestemte seg for å late som

hun alt hadde gått. Etter litt nøling ved døra ombestemte hun seg

og gikk opp til ham.

Han satt med øynene klistret til skjermen, klimprende på

tastaturet, da hun kom inn. Ikke med en mine avslørte han at han

hadde oppfattet at hun var der. Hun så ned på skotuppene sine og

lurte på om hun skulle hente seg en stol. Men da ville han kanskje

synes at det var frekt om hun gikk. Med store håndbevegelser

trykket han og holdt så fingrene ventende over tastene.

Endelig så han på henne. Han smilte varmt og ekte. To

rekker med perlehvite, men skjeve, tenner strålte. «Åh, Madelen,

der er du, ja.» Stolen knirket da han vred den rundt og gravde litt i

en bag som stod bak seg. «Jeg tenkte kanskje du ville ha igjen

disse,» sa han mens han klasket et par utgåtte, lilla doktor

Martens ved siden av tastaturet sitt. Grønne lisser. Glitrende

klistremerker med Minions og en hodeskalle på skaftet. Definitivt hennes. Rødfargen jobbet seg fra ørene og innover. Haka og kinnene hennes brant.

Med skjelvende hender og trege bevegelser tok hun dem fra bordet. «Takk.» sa hun stille, nesten bare et hvisk. Ventet et øyeblikk i tilfelle han hadde noe å tilføye. Det var så vidt hun fikk nok kontakt med de skjelvende bena sine til å snu seg og subbe mot døra. Idet hun tok i håndtaket la han til: «Jeg hadde sett for meg min fremtidige svigerdatter litt mer på Jørgens alder. Og forhåpentligvis en litt mer rolig type. Forstår vi hverandre?» Hun nikket, mens skammen sugde alle krefter ut av armer og bein. «Okay ...» Hun klarte ikke å se ham i øynene, men snudde hodet mot ham. Han smilte fortsatt, full av overbærende vennlighet.

Kapittel 2

Hun slamret døren igjen idet hun gikk inn i gangen hjemme. Smellet gav gjenlyd i hele oppgangen. Leiligheten var liten. Ett soverom, hvor en seng etterlot under en halvmeter gulv å gå på. Ett rom som utleieren hadde insistert på at var både kjøkken og stue – men dersom hun skulle hatt sofa der inne, i tillegg til spisebordet, ville den blitt nødt til å stå på høykant. To JBL høyttalere og en forsterker fra Rotel var det mest luksuriøse som var å finne i leiligheten. Hun pleide å koble ut ringeklokka, så hun kunne overse maset fra naboene, når hun ville lytte til musikken sin. Det gikk mest i metal, litt rock om Stine var innom. Da kunne hjernen unnslippe den stadige strømmen av ting hun ikke burde gjort, ting hun ikke burde lure på og hvor vanskelige alle andre kunne være.

Det hun tenkte på som spisebordet var egentlig et hagebord. Grønn plast, og overflaten var tydelig bleket av sola. Det var også ryggen på to av de fire tilhørende stolene. Idet hun dumpet ned i en av dem, tenkte hun for hundrede gang at hun skulle forsøke å finne noen puter til de stolene.

Fire høye bokhyller var fulle av bøker. Nye, gamle, klassikere, paperbacks. Hun elsket å lese, og moren hadde gitt henne bøker nesten hver gang hun var på besøk, da hun var i live.

Hun måtte smile når hun tenkte på morens iver over at de hadde en interesse til felles. Uansett hvordan de hadde prøvd hadde de ikke funnet noen annen felles plattform etter at Pappa sluttet å besøke henne. Moren visste at Madelen klandret henne for det, og Madelen hadde aldri klart å legge sinnet bak seg. Ikke engang nå som hun var død. Når hun besøkte grava uten at Eirin var med, hendte det hun spyttet på den. Det føltes ikke så mye bedre av det, men nok til at det var verdt faren for at noen så henne oppføre seg som en drittunge.

På veggene hang malerier hun hadde laget selv. De færreste av maleriene passerte den nådeløse selvkritikeren. Som regel satte hun dem i gangen når hun var ferdig med et maleri. Når haugen i gangen tok for stor plass bar hun dem ned til kjellerboden. Blant de få som hadde fått innpass til å bli hengende var en løvløs skog på natten, malt i kun hvitt og blått – hun var så fornøyd med hvordan hun hadde fått til skinnet i månen. Det var et av et vikingskip som hadde gått på land i et moderne Oslo, og flere dragebilder. Det var mest fordi nakne vegger stresset henne. Hun hadde så få fotografier som var verdt å henge opp, og foraktet slagord og trøsteord som dekorasjon. Venninnen hennes hadde sånne overalt. Ryggen til Madelen formelig klødde av tanken. Hope. Love. Home. Har du ikke noe Hope uten å måtte

minnes på ordet kunne det nesten være det samme, tenkte
Madelen. Et lite foto av to smilende barn hadde fått hedersplassen
over spisebordet. Lars og Stella – barna til lillesøsteren hennes.
Hun smilte tilbake hver gang hun så de blide ansiktene deres, og
følte seg litt dum over å smile til et bilde. Snille, gode unger som
bare var rampete når tante dukket opp. Da fant de på sprell og
hyss nok til å gjøre opp for all den tiden de oppførte seg
veloppdragent. En gang hun var og grillet hos dem, knøt de
sammen skolissene til faren sin under bordet. De hadde fnist som
tullinger alle tre, ungene under og Madelen over bordet. Hun
hadde ikke sagt noe, for hun trodde det var opplagt hva de drev
med, men hun hadde fått kjefta ungene skulle hatt da han ramlet
likevel. En annen gang la de plastfolie over toalettet. Igjen hadde
Madelen blitt skreket til da far i huset brått hadde sølt til hele
badet, men hun kunne da sverget på at hun ikke hadde fortalt
dem at hun gjorde det da hun var mindre. Eller kanskje, hvis hun
tenkte seg riktig grundig om...

På bordet lå et halvferdig maleri. Å måtte løpe fra
halvferdig jobb på den måten bød henne imot, men hun hadde
malt hele natta og blitt overrasket av vekkerklokka. Det var en av
de tingene som gjorde at hun følte seg så ustrukturert. Noen
ganger bare glemte hun at hun måtte sove. Hun hadde ikke

18

inntrykk av at det skjedde med andre folk i det hele tatt. For det meste kom hun seg i seng en gang før klokka pep at hun måtte stå opp, men langt i fra hver natt. Ikke kunne hun duppe av ved skrivebordet sitt heller, etter at Helene dukket opp på kontoret for få måneder siden. Den forrige fakturadamen hadde hatt kontor i andre etasje og aldri gått i veien for henne. Hun sukket av tanken på Helene og alt styret som fulgte med hennes oppstart på jobben. Så plukket hun fram paletten fra boksen med malesaker. En etter en så hun over fargene sine, lette etter de riktige og bannet over at den røde var nesten tom.

Det skulle forestille en vikingkriger. Øksen lå slengt over skulderen, haken var trukket ned mot brystet så han så opp på det som var rett framfor seg. Han smilte, men det ikke noe vennlig over det smilet. Sadisme lyste av det, og fortalte titteren at han raust ville dele ut smerte. Øynene var smale av hat og raseri. Håret stod til alle kanter og skjegget var blodflekket. Hun forestilte seg at hjelmen hadde falt av under kampen. I bakgrunnen holdt hun på å male massevis av døde krigere og kroppsdeler mellom to fjell.

Med penselen hengende over en avkuttet arm, stoppet hun opp og studerte krigeren. Så grøsset hun. Det hadde ikke vært meningen at han skulle ligne på noen, men han hadde likevel endt opp med å se ut som faren hennes. Ingen tvil, den brede nesen, kinnbena – hvis man hadde tatt det onde glimtet ut av øynene ville de vært helt like. Stresset la hun penselen rett på bordet og gav seg til å ta oppvasken i stedet. At penselen sakte tørket fast i bordet bet hun seg ikke merke i. Mens hun gnukket på tallerkener og kjeler med store, hissige bevegelser, prøvde hun å bestemme seg for om hun skulle forandre ansiktet eller kaste hele lerretet. Mannen var død og hadde ikke vært verdt stort i live heller. Hun skulle i alle fall ikke dvele ved ham. Å ha et bilde som lignet på ham hjemme hos seg var uansett helt uaktuelt.

Som liten hadde hun alltid blitt glad når han kom for å hente henne. Hun kunne ikke huske at moren en eneste gang sa at han skulle komme på forhånd, han bare dukket opp nå og da. Da ble planene de kanskje hadde, avlyst. Så pakket moren sakene hennes og strålte lykkelig mens hun sendte dem avgårde. Ikke alltid forresten. Noen ganger dukket han opp og vaklet trøtt. Eller var så glad at han sang, eller var sint. De gangene hadde moren sendt henne på rommet sitt og kjeftet på ham. Da fikk hun ikke lov til å bli med Pappa. Hun var så sint på dem begge for det. På moren fordi hun hindret henne i å være sammen med ham, og til sist hadde hun jaget ham for godt. Men også på faren fordi han lot henne bestemme at hun ikke fikk lov. I ettertid demret det for henne at faren kunne være alkoholiker eller noe slikt, men følelsen hang liksom fast likevel.

Det var nesten alltid morsomt å være ute sammen med Pappa. De gikk for eksempel på museum, på skogstur eller bare på lekeplassen. Han klovnet seg til og var aldri for voksen til å leke med henne. De fant på historier sammen, med hekser, trollmenn og drager. Noen ganger spiste de på restaurant eller fikk levert pizza hjem på døra, som de spiste mens de så på tv. Leiligheten hans luktet rart, og kjøkkenbenken var alltid full av ventende oppvask. Søppelbøtten var alltid full og tomme flasker fylte kjøkkenskapene, og noen ganger strødd rundt på gulvet også. Det var aldri noe mas om grønnsaker med Pappa. Ikke maste han hvis hun sølte heller, han bare slang et håndklede over og sa «Jaja, sånn skjer.»

Etter at Eirin kom ble det verre. Det vil si, foreldrene hennes holdt på som før, men etter at Eirins pappa flyttet ut hentet han henne annenhver helg. Misunnelsen og sinnet over at Eirin alltid visste når pappaen kom, mens hun kunne gå i ukevis uten å se pappaen sin i det hele tatt, var fremdeles så levende i henne. Selv om hun visste at det ikke var Eirins skyld. Hun hadde alltid visst det. Dårlig samvittighet fulgte sinnet, som en klengete, skabbete hund. Det gjorde ikke saken noe bedre.

Brått klirret en tallerken i gulvet. Lars og Stella. Skårene spratt under benken og rundt føttene hennes. Shit! Var det i dag hun skulle sitte barnevakt? Fort tørket hun hendene på gardinene. De ble klissete. Hun bannet og tørket dem på buksebaken, mens hun så rundt seg etter telefonen. Hun bannet igjen da hun tråkket på et tallerkenskår. Pyttesmå røde spor, perfekt formet som harespor i mikroformat, la seg over gulvet på kjøkkenet og stua mens hun lette febrilsk, og kløde av å ikke ha tid til å tørke dem opp.

Eirin var sint. «Virkelig, Madelene? Igjen? Det var en måned siden jeg spurte deg. Du glemmer det hver gang, du. Burde jeg si fra ett år i forveien, eller?» Den giftige stemmen føltes som den bet henne på innsiden av hodet. «Jeg setter meg i bilen nå. Alvorlig talt, du burde ikke si fra så lenge i forveien – eller i alle fall minne folk på det noen dager før, da.» «Herlighet, sosehue. Noen av oss er i stand til å planlegge litt, da.» Hun la på røret og rev til seg bilnøklene. Scener med skuffede, traumatiserte tantebarn spilte av i hodet hennes. Fem minutter til hun skulle være der. Hun småløp bortover mot bilen og forbannet sin søster, superplanleggeren.

Hun svettet av anstrengelse over den raske kjøreturen. Samvittigheten var sterkere enn frykten for bøter, så røde lys, biler med forkjørsrett og fotgjengere fikk nøye seg med unnskyldende vink mens hun sank ned i setet, og nakken strakk hodet hennes framover. Av noen grunn føltes det som hun hadde mer konsentrasjon da. Hun nærmest fløy ut av bilen utenfor huset deres. Svært rekkehus, med sykler, bøtter og spader strødd utenfor. Med en viss skadefryd tenkte hun at det sikkert plaget vettet av Eirin. Hun tålte ikke rot. Eirin og Tor stod festpyntet og trippet i gangen. Ungene lekte uanfektet mellom foreldrenes bein og da de så henne strålte de nydelige små ansiktene. «Leeeeen,» ropte Stella. Små, klissete hender ble utstrakt, klar for kos. Ansiktet hennes strålte, og ble gjort enda søtere av noe som kunne være en blanding av sand og jordbærsyltetøy på kinnene. Madelen la armene rundt begge solstrålene og løftet dem opp til verdens største bamseklem.

Hun ignorerte formaninger og oppramsing av regler fra Eirin og gubben, og dumpet ungene ned i sofaen. «Det er greit. Hadebra,» sa hun, uten å se på dem engang. «Hva for noe gøy skal vi finne på i dag? Spille kort? Sykle en tur?» «Madeleine, hørte du meg? De må ikke få godteri og de har brukt opp tv-tiden for i dag. Du fikk det med deg?» Folk pleide å bli overasket når de hørte at Eirin var yngst av de to. Hun formante, småkjeftet og bestemte. Madelen pleide å si at mamma nok hadde arvet bort alt det morsomme i genene sine til henne og bare hadde kjedelighet igjen til Eirin. Noen ganger prøvde Eirin å forsvare seg med at det ikke er sånn det fungerer, men det falt for døve ører. Gubben hennes dro henne i jakka og mumlet noe i øret hennes, så dro de.

Så fort døra klikket igjen skrek Lars: «TV!» Madelen lo hjertelig. «Så kjedelig. Vi kan heller leke noe. Gjemsel? Dere står.» Før ungene rakk å svare, hadde hun sveipet inn på kjøkkenet og lot som hun gjemte seg bak en skapdør. Hun hørte dem fnise ved inngangen til kjøkkenet og stakk en sjokoladeplate og en kjekspakke over toppen av skapdøra. Uansett hvor mye hun prøvde ville hun aldri forstå veslesøsteren, som insisterte på at det kun skulle spises vitaminer og fiber der i huset, og likevel fylte opp hele øverste skaphyllen med godteri. Hadde ikke Eirin vært så tynn ville Madelen anklaget henne for å spise det selv, etter å ha lagt de supersunne barna.

Hun lot godteriet danse og hoppe over skapdørkanten, som et stumt, hyperaktivt dukketeater - før de hoppet over kanten og deiset ned foran føttene på barna. Hun kunne ikke annet enn smile av deres hvinende fryd. Etter dukketeateret spilte de vri åtter om utbyttet fra kjøkkenskapene. Det var et av de få kortspillene Eirin tillot at barna spilte med søsteren, men de måtte likevel love å ikke fortelle at de spilte for gevinst. De nikket og lovte høytidelig å holde tett.

Klikkene, hvesingen og dundringen fra to som forsøkte å være veldig stille vekket Madelen. Ikke mer enn et øyeblikk vurderte hun å reise seg, for å lempe ungene over i sine egne senger, så Eirin ikke skulle lage bråk. For det første lå en unge på hver av armene hennes og hun hadde ikke følelse i dem akkurat nå. For det andre, tenkte hun - svært fornøyd med resonnementet sitt, hadde Eirin veldig godt av å se hvor lite skade ungene tok av å ikke alltid få regler og rutiner pådyttet. Hun lukket øynene igjen og forsøkte å puste som om hun fremdeles sov.

Det kunne høres ut som om de småkjeklet på vei opp trappa, men det var umulig å høre akkurat hva de hveste om. Det krevde sin kvinne å ikke smile av å høre dem tasse fra barnerom til barnerom uten å finne noen. Skrittene ble raskere. Dunket hardere i gulvet. Så knirket døra til det store soverommet opp og Tor utstøtte et irritert stønn. Eirins stemme hvisket at han ikke skulle forstyrre dem. At de skulle ta hver sin barneseng og ikke lage noe oppstyr midt på natta. Det vil si – det hørtes unektelig ut som Eirins stemme, men at det var hun som sa det forvirret Madeleine så hun ble svimmel.

Diskusjonen forsvant ned mot trappa, og hun spisset ører alt hun kunne, uten å få med seg et ord til. Minutter senere kom tunge skritt opp trappa igjen. Det måtte være Tor. Hun hørte ham strene forbi rommet hun lå på, og inn på et av barnerommene. De lå vegg i vegg, i andre enden av etasjen – så hun kunne ikke skjelne hvilket. Deretter knitret og raslet det i papir på kjøkkenet.

Hun kjente et stikk av dårlig samvittighet. Søsteren kunne ikke utstå rot, men at hun skulle rydde midt på natta var jo egentlig for galt. Raslingen fortsatte på kjøkkenet, og Madelen lurte på om ørene lurte henne. Det var vitterlig godteripapir i nesten alle rom i huset, men nesten ingenting på kjøkkengulvene. Da slo det henne at Eirin satt der inne og spiste restene. I skjul av mørket smilte hun. Jasså, så godteriet var virkelig til henne. Hun så for seg hvordan hun kunne bruke denne nyvunne hemmeligheten. Kanskje kunne hun tvinge Eirin til å lempe på innetidene, eller slutte å være så kjip med TV-tiden. Eller kanskje hun kunne strekke det så langt som til å karre til seg noen av Mammas sølvsmykker. Hun hadde ikke vært tiltrodd dem etter at Mamma døde. Hun ble avspist med de få bøkene hun ikke hadde gitt til veldedighet, og de utslitte hagemøblene. «Sosemikkel,» hadde Eirin sagt, overlegent. «Du er en sosemikkel, men om du skal bruke noen av dem en kveld kan du komme innom meg så lenge du leverer de dagen etter.» Hun hadde blitt rasende, men ikke sagt mer om det til Eirin. Siden hadde hun dratt med seg Stine på Constanse og fylt hodet med øl og whisky. Det var den kvelden det hadde gått så galt med de gutta som ikke aksepterte et nei til å gi bort telefonnummeret ...

En brå lydd fikk det til å rykke i henne. Søsteren hostet så en skulle trodde hun hadde lungekreft eller noe. Pannen rynket seg av bekymring, men også av irritasjon over at søsteren sikkert

ikke ville sagt det hvis hun var syk. Fastklemt av yndige små

fangevoktere kunne hun ikke røre seg noe særlig, men vred hodet

først til den ene siden, så til den andre for å prøve å høre bedre

hva som foregikk. De små nappene av lyd forsvant delvis i

rennende vann. Hun lurte på om det var for å dekke lyden. Så

skjønte hun det endelig og smålo for seg selv. Store voksne

damen hadde spist så mye godteri at hun kastet opp. Hun noterte

seg mentalt at hun måtte huske å erte henne over det i morgen.

Hun må ha sovnet raskt etter det, for mer husket hun ikke

før en lys og blid stemme vekket henne til frokost. Tor smilte og

snakket i vei om hvor hyggelig det hadde vært kvelden før, mens

Eirin smurte brødskiver, skjenket kaffe og småkjeftet over

regelbruddene fra kvelden før. Stemmen var full av overbærende

vennlighet med sin rebelske storesøster. Det hele var så koselig at

hun nesten glemte at hun måtte på jobb. Da hun kom på det løp

hun på badet, hev litt vann i ansiktet og lånte litt sminke og en

hårbørste. Den var rosa. Hun la ikke merke til at det var fersk

tannkrem i den før det var for sent. Så svingte hun raskt innom

søsterens klesskap, og på vei ut døra overså hun formaningene

om hva antrekket hun nå gikk i kostet.

Kapittel 3

I gangen stod en pappeske med minner fra et annet liv.
Over den var slengt vinterjakker som ikke hadde vært i bruk på
flere år, malerklærne som var framme titt og ofte i
sommerhalvåret og en lue. Det var kroker til å henge dem opp på
veggen, men den gangen esken ble stuet inn hadde det virket best
å dekke den til med noe, og siden var det blitt sånn. Der var også
en lang skohylle i jern. Der stod sirlig oppstilt sko til alle
anledninger. Fjellstøvler, brune skinnsko, malingsflekkede
joggesko, litt mindre flekkede joggesko, sorte pensko – alle
herresko og alle gamle og så slitt at en nesten kunne trodd de
hørte hjemme på et museum.

Lenger inn i leiligheten lå en stue, med vegger dekket av
lysegul og brun strietapet. Kan hende den var hvit og brun en
gang, men det var i så fall lenge siden. På disse veggene hang
utallige bilder av ei lita jente. På ett var hun nyfødt i armene på en
overlykkelig ung mann, med en bart som strakk seg nedover
munnvikene. På et annet satt hun på en blå trehjulssykkel og
hadde et enormt glis i et skittent ansikt. Det var ett hvor hun satt
ved en skolepult. En lang flette hang over hver skulder og hun
hadde på seg en hvit t-skjorte med mørk gule kanter og brun skrift

foran. Det var ikke mulig å tyde skriften ut fra bildet. Hun så alvorlig inn i kameraet, preget av stundens alvor.

På grått linoleumsbelegg stod en brun skinnsofa – like slitt som alt annet i leiligheten – og et stuebord fullt av kaffesirkler, ølflekker, gamle aviser og et par bein med hullete sokker. Bokhyllen i stua var full, så stabler av bøker var plassert foran den.

Det hadde vært meninga at noen av dem skulle gis bort, for å gjøre plass til de nyeste bøkene, men tiden strakk liksom aldri til for å få sortert det som måtte beholdes, fra det som ikke var interessant å lese på nytt.

Eieren av beina snorket høyt fra sofaen. En ung kvinne beveget seg stille og forsiktig inne på kjøkkenet. Hun hadde lukket kjøkkendøra for ikke å vekke den sovende gamle mannen, likevel la hun tomme bokser meget sakte og forsiktig ned i poser - som om en lyd fra dem ville fått verden til å eksplodere. Så tok hun et et dypt pust og noen sekunders pause før hun åpnet kjøleskapet. Det kunne sett ut som hun måtte stålsette seg for jobben og da hun, en for en, tok ut åpnede emballasjer og baller av aluminiumsfolie med halvspist mat, kunne en skjønne hvorfor. Hun rynket nesen, hvisket ord hun normalt ikke skitnet til munnen sin med, og på et tidspunkt brakk hun seg til og med over vasken. Hun sukket og så på posene hun hadde satt ved kjøkkendøra. De var fulle av mat, men nå virket det som det var temmelig

29

bortkastet å fylle kjøleskapet igjen. Hun vasket likevel ut av kjøleskapet og fylte det opp igjen. Det virket som hun gjorde dette mer for sin egen samvittighets skyld enn for den gamle – som knapt nok åt uansett.

Etter dette fylte hun kjøkkenvasken med vann og såpe. Hun hadde tatt med klut selv. Den som hang over vannkrana bare luktet hun på, før hun kastet. Hvorfor hun gadd å lukte før hun kastet kunne kanskje ingen svare på. Det var hun som hadde hengt den der, da hun kastet den forrige. Benken var hvit, med belegget var fullt av hakk og riper, så den så skitten ut selv om hun ble kvitt alle flekkene. Det samme var skapdørene, men linoleumen på gulvet så i alle fall renere ut da hun var ferdig. Da hun tørket pannen med håndbaken hadde hun fremdeles kluten i hånda. Den hang nedover ansiktet da hun tørket, og hun brakk seg igjen da den sveipet borti nesa med den. Men ikke like voldsomt denne gangen.

I et skap under kjøkkenbenken stod det flasker. Mest colaflasker som var fylt med noe gjennomsiktig, med også noen med rødvin og whisky. Foran disse stilte hun opp en sjokolade. Den var pakket inn i rosa papir med en bamse på. Den holdt en ballong i labben og på den stod det «Tenker på deg.» Hun sukket tungt. «Da får du hvert fall i deg noe, gamle stabeis.» Hun hvisket det halvhøyt, som om det var ord hun egentlig ville si ham, uten å være helt sikker på at hun ville han skulle høre dem. En spinkel hånd med velpleide negler talte over flaskene, deretter så det ut som om hun tenkte seg om en stund. Hånden skjøt opp til pannen og strøk lyst, glatt hår bak øret, så ristet hun på hodet som om hun prøvde å bli kvitt en plagsom tanke. Da hun åpnet det neste skapet, for å tømme søplebøtten, rynket hun øyenbrynene. «Å nei du, det kan du bare glemme.» Hun nappet ut noe blått og flokete fra bak bøtten, som hun stappet raskt ned i sin egen veske.

«Neimen, er du her i dag igjen?» Sa en trøtt, men blid stemme fra døråpningen. Hun smalt igjen skapdøren, bråsnudde seg og smilte bredt tilbake. «Det er en måned siden sist, da. Hei, Gorm, hvordan er det med deg?» Hun gav ham en hard klem og fortsatte å holde på overarmene hans da han slapp henne. Blikket hennes gransket ham. Det grå håret hadde fått vokse til nedenfor øreflippene. Skjeggstubbene var blitt så lange at en kunne mistenkt ham for å forsøke å anlegge helskjegg, men de bustete øyenbrynene var som de pleide. «Alt er fint her, vesla. Alt ved det gamle,» sa han mens han kikket over skulderen hennes. «Men renere.» Hun lo og slo ut med armene. «Det skal ikke så mye til for å få det renere her i gården.» Dette bare dro han på skuldrene av, og blunket til henne.

«Hvordan går det med … ja, du vet.» Han spurte mens han grov med en skje i kaffeboksen, så slapp han å se henne slå ned

31

blikket. «Ikke så bra. Det skjønner du sjøl, du skulle ikke ha …»

Han hysjet på henne. «Det nytter ikke å tenke sånn. Jeg kan ikke

omgjøre noe som er gjort. Jeg mente det til det beste.» Han var

mild i blikket, og myk i stemmen. Hun nikket og plukket opp

søppelposen og panteposene. «Jeg må stikke nå jeg. Da gir jeg

panten til Røde Kors igjen. Ringer deg hvis du vinner en million.»

Hun blunket når hun sa det. «Næh, i så fall bare deler du med

søstera di.» Han smilte ikke, det lille halmstrået av håp om å

endelig bidra lyste av ham.

Etterpå åpnet han flaskeskapet for å sjekke at alt

fremdeles var på plass. Rynkete kinn sank nedover i skam. Med

hånden på skapdøren stønnet han, da han bøyde seg ned på huk.

Hånden dirret da han tok tak i den firkantede, rosa

omsorgserklæringen. Han trykket den til brystet og ble sittende på

huk til øynene ble blanke. Det lød små knepp fra knærne og

hoftene da han reiste seg opp igjen. Føttene skyflet seg fram til

kjøleskapet, og ble stående der til han hadde tømt i seg en øl.

Fremdeles med sjokoladen i hånda. Først satte han den tomme

boksen fra seg på benken, men etter at blikket hadde sveipet over

det nyvaskede kjøkkenet et par ganger, gikk han og satte den i et

skap ved siden av søplebøtten. «Hm,» sa han til seg selv mens han

stod framoverbøyd og tittet inn. Han vippet på den tomme

søplebøtten og kikket bak den. Flass dalte ned på skuldrene hans da han ristet på hodet og lukket skapdøren stille. Han plukket ut enda en øl av kjøleskapet og tasset ut på soverommet, der han la sjokoladen under hodeputa. Det føltes litt sentimentalt å gjøre det, men han visste at det kom netter der han trengte å holde fast ved tanken på at noen fremdeles visste om han var levende eller død. Det var nesten ikke så farlig hvem det var lenger. Så satte han seg godt til rette i sofaen igjen og jekket opp ølen sin.

Han tok seg god tid med den. TV-en hadde han skrudd på, men blikket gled mellom barnebildene på veggene. Det slitne ansiktet hans var trist – det var nesten så det så ut til å henge enda mer enn de smale skuldrene hans. Han lot seg ikke affisere nevneverdig at han sølte litt øl på hånda si. Med øynene fremdeles på veggen, slikket han på hånda og tørket den på genseren. Den var grå, som ham, strikket med bomullsgarn. Albuene var blankslitt så han turte ikke lenger å vaske den, av frykt for å få hull i den. Den var litt for stor. Han hadde ikke alltid vært så mager som han var nå. Kinnene hans var blitt hule. Han trodde ikke det syntes under alle rynkene.

Ølboksen klunket hult ned på stuebordet og han tasset bort til gangen. Det var en døråpning der, mellom gangen og stua, men ikke lenger noen dør. Ved den smale veggen, hvor det ikke lenger satt noen dørkarm satte han seg på huk og pirket løs listen. Spikeren var kuttet av på innsiden av den lille listbiten og erstattet med en clip. Ut fra et hull der listen ville vært pirket han ut en rull

lilla lapper med bilde av Munch. Den ene stappet han i lommen,

resten dyttet han inn i hullet og klikket fast listen igjen. Så stappet

han føttene sine i et par sko og tittet ut av døra. Han så seg til

begge sider før han gikk ut og låste etter seg.

«Gorm, min venn, kom inn og hvil deg.» Yousef stod med

en skitten fille og dyttet litt ølsøl fram og tilbake på bardisken.

Smilet hans lyste hvitt, og i kontrast mot den mørke huden, fikk

den Gorm til å tenke på filurkatten. Han nikket tilbake. Yousef var

relativt ny i baren, og så overdrevent vennlig at det gjorde Gorm

utilpass. Hvis ikke dette hadde vært stedet han nesten alltid var

sikker på å treffe noen han kjente, ville det fått ham til å slutte å

gå dit.

Med et kort nikk til kameratene satte han seg ved deres

vante bord. Gjengen bestod av loslitte, slitne menn. Menn som

hadde sett livet fra rennesteinen, der de fleste bare tittet ned og

rynket på nesen, før de gikk videre med sine perfekte liv.

Skyggesiden, om du vil. Det var Geir, som hadde blitt anklaget for

voldtekt som ung. Han nektet fremdeles for at han hadde gjort

det, og Gorm visste ikke hva som var sant – men etter et par år i

buret var jobben, alle de streite vennene, kona og mulighetene

borte. Da hang det ved ham og ville aldri slutte å gjøre det.

Bortsett fra et og annet raptus fra NAV som førte til at han måtte på kurs, eller en og annen halvnyttig jobb, gjorde han omtrent ingenting annet enn å pilse og finne på faenskap. Det gikk rykter om at han gjorde innbrudd også, men Gorm hadde aldri hørt ham tilstå det. Så var det Gjermund, som egentlig bare hadde ødelagt for seg sjøl med dop. Gorm hadde aldri likt det noe særlig, og ikke giddet å prøve heller, siden han ble voksen. Men Gjermund brukte alt som ikke skulle inn i kroppen med sprøyter. For det meste hasj, men også piller. Gorm ante ikke hva som var hva av dem, men la merke til at Gjermund i alle fall tjente til livets opphold på det. Are var ikke her i dag. Han hadde jobbet som sjømann og nærmet seg 70 nå. Det gjorde ham nesten 20 år eldre enn resten av dem. Da Are og Gorm hadde møttes på et AA-møte for 25 år siden hadde de kommet overens med en gang. Hans rolige, bedagelige personlighet var så lett å forholde seg til. Lett å betro seg til også, selv om han følte seg litt vel ung når han tenkte på det på den måten. Are hadde støttet ham da han ble kastet ut av Astrid, mens Madelen enda hadde vært baby. Da hadde han vært langt nede. Det måtte ha vært det eneste nyttige Are hadde gjort for noen, siden han ble satt i land av kapteinen etter for mange år med fyll og voldsepisoder. Gorm hadde vanskelig for å tro på Are når han fortalte om dem nå. Ingen han visste om var så rolig og forståelsesfull som Are. Det var andre også, som kom og gikk, men de fire tenkte som regel på seg selv som den harde kjernen.

Yousef dukket opp med en øl. «Vi tar regningen etterpå,» sa den overdrevent sukrede stemmen. Så forsvant han bak disken sin igjen. Langs den ene veggen var bordene adskilt med båser. Sitteputene var i rød skinnimitasjon, og gav Gorm følelsen av å sitte på bussen. Men det var bedre enn å sitte langs den andre veggen, hvor det kun var puteløse trestoler å sitte på. «Sara var innom i stad,» sa Gjermund. Han var en høy mann med brede skuldre og skjegg. De to jobbet sammen innimellom. På sommeren, når de malte. Gorm smilte ved tanken på henne. «Jaha. Står til med henne da?» De to andre mannfolka lo. «Det bør vel du vite bedre enn oss. Hun spurte etter deg da, om du hadde vært innom i dag.» «Jeg har jo telefon. Veit du hvorfor hun ikke ringte, hvis det var noe?» «Næh, det var vel ikke noe kritisk.» Gjermund trakk på skuldrene. «Faen, dere har et rart forhold,» gliste Geir. De tykke kinnene hans fikk smilehull, og det var noe sleskt ved blikket hans når han da det. Det var nesten alltid noe sleskt ved Geir, forresten. «Skal du bare drite i.» Gorm gliste mens han sa det, det var ikke uvennlig ment. Kort tid etterpå dumpet Are ned i setet ved siden av ham. Han nikket taust og gryntet da Yousef kom ubedt med en øl til ham.

Hysterisk latter fra en dame lød fra andre enden av rommet. Alle fire snudde hodene dit samtidig. «Hater når det blir så mye bråk her. Har ikke de der finere puber å henge på?» Lød

36

Ares grumsete stemme. «Tja, si det. Dattera til Gorm var innom her forrige kvelden.» Geir hadde et blikk som om han avslørte en stor hemmelighet. «Jasså, jeg så ikke at du snakka med noen ungjente. Hvem er det?» Ville Gjermund vite. «Hu er her innimellom, men vi snakkes ikke. Tror ikke hun kjenner meg igjen.» Gorm så hardt ned i bordet. «Du så`a sikkert. Hu der pene, blonde som kler seg som en vampyr. Er her innimellom sammen med ei rødhåra jente, med en drage oppetter hele armen,» forklarte Are. «Næh, la jeg ikke merke til.» «Joda.» Are insisterte på at han måtte ha sett henne. «Hun satt sammen med de der smågutta fra Holmenkollen som handler shit av deg innimellom.» «Hysj da!» Svarte han strengt til Are. Han snudde seg mot Gorm og var mildere i blikket. «Er det dattera di altså? Det visste jeg ikke.» «Vi snakkes ikke, sier jeg jo. Begynner vel å nærme seg tredve år siden sist, så hun kjenner meg ikke igjen.» Han svarte med sammenbitte tenner nå, og håpet kameratene snart skulle ta hintet. «Sara, ja. Hun er fin,» sa Are mens han så fra ansikt til ansikt, som om det skulle få dem til å hjelpe ham med temaskiftet. «Til å være så gammal,» lo Gorm. Det smittet over på de andre. Are så letta ut.

Øysteins rungende latter lød langt borte fra. Metalliske klunk dundret over hele bygget når han småløp ned trappene fra kontoret sitt. Hun kikket fort opp på klokken – snart fem, han skulle vel hjem da. Så blid han var i dag. Hun kastet et granskende blikk på sidekvinnen. Helene satt endelig og jobbet med den samme bunken fakturaer hun hadde latt ligge igjen fra uka før. Uten å se seg til høyre eller venstre stakk hun hånda innenfor utringningen sin og rettet på seg.

Selv dro Madeleine skjørtet ned mot knærne og rettet skuldrene. Hvordan noen klarte å gå rundt i så korte skjørt uten å fikle konstant var helt uforståelig for henne. I gjenskinnet fra vinduet sjekket hun sminken, og skuldrene sank sammen igjen. Det var ikke så mye å jobbe med, syntes hun. Naturen hadde ikke akkurat gjort det lett for henne. Nesa var rar og ørene stakk ut av håret. Kinnbena hang ut som hundeører hvis hun smilte. Øynene smalnet seg olmt til sitt eget speilbilde. De grønne øynene hadde plaget henne, helt siden hun hørte som femåring at det var spesielt. Om hun bare hadde kunnet sett så feilfri ut som søsteren. Da hadde ting vært så mye lettere. Kvalmen slet i henne. Hun hadde hoppet over lunsjen for å unngå Helene. For å døyve sulten hadde hun hevet nedpå kaffe konstant siden, og magen protesterte høylytt på behandlingen.

Idet han var på tur forbi stakk han hodet inn på kontoret deres for å si hadet. Trøtt og uvel snudde hun seg mot ham. Da hun så det flotte, strålende smilet hans og de varme øynene følte hun seg straks bedre. Han var alltid så selvsikker. Styrke formelig strålte av ham, der han stod. Ansiktet hans, med smilerynker som gav så flott kontur, lyste kremhvitt og nydelige kamskjellører lå tett inntil hodet. Hun hadde lyst til å strekke fram hånda si og kjenne på ham. På kinnet i det minste. Ta på huden hans. Fingrene hennes husket så godt hvordan den føltes og som et elektrisk støt strålte de varme til mellom beina hennes. Hun kunne ikke annet enn å smile når hun så ham.

«Da går jeg, Madde. Du maila IT-firmaet om feilen i dag morges?» Hun hatet å bli kalt det. Det minnet mest om en gammel kjerring. Dessuten hadde hun vært Padde-Madde på barneskolen. Hun kunne fortsatt bli rasende av tanken. Han var så utrolig kjekk og hun ble så lettet over hvor blid han var. Hun fikk seg ikke til å si noe imot det denne gangen heller.

Hun kunne føle hvordan den dype basstemmen vibrerte og forestilte seg at den vibrerte inntil kroppen hennes. «Hm? IT? Husker ikke helt hva du mener?» Sa hun, mens hun dro seg langsomt ut av drømmetåken. «Du skal lese e-post fra meg først. Jeg er sjefen din, du SKAL få med deg beskjeder fra meg.» Han tordnet nå. Smilet hadde forsvunnet og en dyp fure i panna understreket at han slett ikke var fornøyd.

Hun husket at hun hadde sett e-posten i dag morges. Hun hadde selvfølgelig lest den. Beskjeden var for lengst videreformidlet, og hun hadde avtalt at de skulle komme tidlig dagen etter. Hun visste selvfølgelig å prioritere beskjeder fra sjefen. Alt dette tenkte hun, men fikk det ikke fram med et ord. Hun hadde blitt så overrumplet over det raske skiftet fra den tiltrekkende, blide fyren til gjennomført sjefssmell, at hun ikke fikk kontakt med stemmebåndet. Hun nikket bare. «Fint. Ha en fin kveld da,» sa han og gikk, men hørtes ikke noe mildere ut. Helene fniste lavt, men blikket var stivt festet på fakturabunken.

Først da han var gått kom skamrødmen og irritasjonen på seg selv, over at hun ikke hadde rettet ham. Hun var proff, hun leste sjefen sine e-poster med en gang og hun hadde fikset det for lengst. Hun åpnet e-posten med bekreftelsen igjen, bare for å være sikker. Men hun hadde bare vært så trøtt og kåt. Drittsjef, hvisket hun. Men hun visste at det var seg selv hun var mest forbanna på.

Hun vred stolen, så ryggen vendte mot Helene. Orket ikke å se på det hovmodige blikket. Raseriet over den snørrhovne tispa, som tippet hodet bakover når hun ville se ned på hele verden og hovere over sin seier gang på gang, gav henne blodsmak i munnen og fikk det til å ringe i ørene. Hvis hun lot sinnet vinne, ville hele verden bli stengt ute igjen. Ingenting annet ville bety noe. Hun ville ha makt og det ville føles godt, men det ville ikke rette på noe som helst. Dessuten varte det aldri så lenge av gangen. I hodet spilte stemmen til Alexander. Rolig, uten dom, uten nedlatenhet. «Du trenger ikke å late som du er glad, men forsøk å tenke på hva som skjer hvis du lar sinnet vokse igjen. Kjenn etter hvordan kroppen din føles når du blir så sint. Beskriv det for meg.» Oppgaven var vanskelig. Det var ikke en følelse det fantes ord til. Det verste var at han ville at hun skulle gjøre det inni hodet sitt hver gang hun ble sint. Det var det vanskeligste hun noen gang hadde blitt bedt om å gjøre.

Tårer truet med å overta. Irritert på seg selv stakk hun neglene sine hardt inn i innsiden av håndleddet. Litt etter litt ble pusten hennes roligere og ringingen i ørene døde ut. Hun lot skuldrene få synke litt framover. Først da hun begynte å merke smerten, slapp hun taket rundt håndleddet. Opp fra genserlomma trakk hun et bredt armbånd i skinn, som hun strammet over håndleddet. Hun hadde det alltid med seg. Ellers kunne folk lage så mye styr over merkene.

Opp av den andre lomma dro hun telefonen. Nølende klikket hun opp en ny melding. Alt inni henne skrek at dette ikke var riktig, men på den andre siden var det så enormt fristende å fore den sulten som raseriet gav henne noen ganger. –Jeg skal bare møte en fyr som får meg til å føle meg bedre, løy hun til seg selv. Mens hun skrev hørte hun Helene snakke bak seg. «MMmm,» mumlet hun seg enig, men hadde ikke oppfattet et ord. Helene fortsatte å snakke. Monotont og bare halvhøyt. Da var det sikkert ikke noe viktig. «Mmm,» sa Madelen igjen, og trykket send, før hun snudde stolen tilbake og fortsatte på arbeidet hun hadde blitt forstyrret i.

Jørgens svar lokket fram smilet i henne. «Hei, Madelen!!!» Gjentatte utropstegn. Hun himlet med øynene. «Jeg er så glad for å høre fra deg igjen. Begynte å tro at du bare ville ha en sånn one-night greie.» Tennene hennes gnisset av frustrasjon over språkblandingen. «Selvsagt vil jeg gjerne møte deg igjen. Jeg er alene hjemme i kveld. Vil du komme bort? Husker du hvor det er?» Fulltreffer. Endelig den flaksen hun fortjente. Helene så olmt på henne da hun lo. Hun smalnet øynene tilbake, men avvæpnet henne ved å stikke ut tungen.

Det føltes veldig rart å være i spisestua med Jørgen. Hun forbandt den tross alt med en annen. Noe inni hodet hennes lo hånlig, av tanken på hva hun hadde gjort på det bordet før. I dette store herskapshuset, med solide antikke møbler. Kunsten på veggene kostet sikkert mer enn månedslønna hennes. Alt var skinnende rent, alt interiør i den samme vintage-stilen. Hvitt, brunt og grått alt sammen. Bordet i spisestua var gedigent, mørkebrunt og solid. Det hadde hun fått teste ut til gangs. Det lå en pen duk der nå. Hvit med blonder. Jørgen hadde tent stearinlys og varmet opp tapas, som han sikkert ikke hadde laget selv. Maten vokste i munnen når hun tenkte på at det sikkert var moren hans som hadde laget dem. Kona til.... Hun ristet på skuldrene, som om det kunne riste de ekleste tankene av henne. «Så fin du er i dag,» sa hun. Han rødmet lett og mumlet et takk. «Du, Jørgen.» Ordene virket så merkelige i hodet hennes, og hun visste godt at det kunne få henne til å virke langt mindre attraktiv enn hun ville fremstå. «Fine du. Du vet at jeg er noen år eldre enn deg.» Han smilte avslappet igjen. «Det gjør ingenting. Du ser ikke gammel ut.» Det hørtes ut som om han trodde det var alt som betydde noe. Hun kvalte et utbrudd av irritasjon, ved å minne seg på hvor ung han egentlig var. «Du har ikke fortalt foreldrene dine at jeg kommer i dag?» Han lo. «SÅ ung er jeg ikke at det er ulovlig. Jeg har fortalt at det er en dame som kommer på besøk til meg i dag, ja. Jeg har ikke sagt at du har vært her før, hvis det er det du mener.» Blikket hans var lekent og glimtet til, av den delte hemmeligheten deres. Hun forsøkte å ikke se for lettet ut. «Jeg setter veldig stor pris på om du ikke forteller dem hvem jeg er eller hvor gammel jeg er.» Da hun så det skuffede uttrykket hans, la hun til; «Ikke ennå, i alle fall. Kanskje om vi forsetter å treffe hverandre.» Ansiktet hans så ut til å bli fylt av forståelse og hans skjeve, perlehvite tenner kom til syne. «Neida, hvis du vil det så kan jeg godt vente med å si noe.» «Takk, vakre du,» sa hun takknemlig og blunket til ham.

«Var det ikke godt?» Jørgen satte store vakre øyne rett i hennes da han spurte. «Joda, kjempegodt. Jeg pleier ikke å spise så mye av gangen, så jeg tar meg litt god tid bare,» løy hun og satte opp sitt mest uskyldige smil. Han stappet munnen full av Chorizo og nikket fornøyd med svaret. Kjeven hans var kraftig, og hun synes han minnet om en grisete superhelt når han tygget. Håret stod stivt rett opp. Voksen glinset hvitt. Han hadde brukt alt for mye. Antageligvis hadde han funnet ut at han ikke imponerte henne stort med den glattkjemmede stilen han hadde hatt, første gang de møttes.

Hun dro litt i sitt eget hår. Det ville aldri ligge rett ned, som hun ville. Det bølget og poofet. Volum og fall, kalte Stine det når hun strøk over det og smilte. Som om det var noe positivt ved det. I kombinasjon med at hun ikke kunne farge det lenger, gjorde det håret til noe av det mest irriterende ved kroppen hennes. Hun tenkte seg om. Nei, det mest irriterende måtte egentlig være hele pakka. At hun ikke kunne se seg i et speil uten å granske seg selv etter feil, og så tenke - æsj. Og at hver gang noen gav henne et kompliment for utseende, og det skjedde jo ikke rent sjeldent, trodde hun på det, helt til det viste seg at de ikke hadde noen interesse av annet enn sex. Ikke for at hun selv var uinteressert, men det gjorde det hele litt mindre troverdig.

Hun hadde pleid å farge håret svart. Likte måten det fikk henne til å se farlig og mystisk ut. Det passet fint til stilen hennes. Hun mente det framhevet hennes svartsminkede øyne og passet fantastisk til smykkene i jern og lær, og til de svarte klærne hennes. Men så hadde hun plutselig blitt allergisk. Flaks at Stine hadde pleid å farge det sammen med henne. Signalrødt. Men den dagen hadde plutselig hodet hennes begynt å klø, og så kjentes det ut som det brant. Stine hadde vært helt panisk da hun hjalp til med å skylle ut fargen og ropt hysterisk at hodet hennes hadde blitt rødt og hovent. På vei til legevakta hadde ansiktet også hovnet opp. Hun hadde sett ut som hun hadde fått juling. Det var sånn det føltes også. Banket og brent.

Madelen gråt, og Sine gråt mens hun kjørte, og begge hadde hatt dyvått hår som dryppet nedover klærne deres. Siden da hadde hun vært nødt til å ha sin kjedelige lysblonde farge. Men hun var i det minste fornøyd med at det var så lenge siden nå, at hun ikke lenger måtte gå med to farger. Stine farget fremdeles sitt rødt. Hun kunne dra i det og se på Madelen, så fikk begge latterkrampe av tanken på den hysteriske kjøreturen og panikken de hadde fått.

Jørgen mistet en pølse på bordet. Den landet ved siden av duken, rett på stedet som hadde blitt så grisete når Øystein hadde tvunget seg til å pule henne der bak, selv om hun sa klart fra hun ikke hadde forberedt seg på det. Hun hadde hylt, og han hadde grepet håret hennes og holdt hodet hardt ned i bordet til han var ferdig. Hun hadde så vidt fått vridd hodet og sett det onde glimtet i øynene hans. Hadde hun ikke vært kåt på ham før ble hun ihvertfall det da. Smerten rev så herlig i henne. Da hun kom hadde hun stønnet at hun elsket ham, men det virket heldigvis ikke som om han hørte det. Fremdeles ble hun kåt bare av tanken på det, og hun så grådig på den unge gutten som satt tvers over henne. Han kunne da saktens ha det i seg, han også. Da Jørgen puttet pølsa i munnen ble hun kvalm, men sa ingenting. Hun tok en solid slurk av vinen i stedet. Druene til denne hadde ikke dugd som grisefòr engang. Den var så sur og tørr at tunga klistret seg til ganen. Hun grøsset og skylte den ned med mer vin. Det hjalp ikke. Så reiste hun seg for å gå på badet.

«Åh, det er opp trappa og andre døra på høyre side,» sa han, uoppfordret. Hun forbannet seg selv over å nesten ha avslørt seg, men smilte bare til ham før hun gikk og lot som hun så seg oppmerksomt rundt. Vel inne på badet gravde hun i skittentøyskurven. Frenetisk dro hun ut plagg etter plagg. Hun måtte bla gjennom boksere med bremsespor, og forsøkte å ikke tenke på hvem de tilhørte. Det var Bher i størrelse 85H, som fikk henne til å lure på hva i alle dager han måtte være utro for. Lukten av et par fotballsokker fikk nesten magen til å sende vinen i retur. Endelig fant hun en bukse hun kjente igjen. Et øyeblikk følte hun seg litt dum – hun visste jo ikke engang hvem som faktisk stod for klesvasken i huset. Det kunne like gjerne være ham selv, og da ville det være helt forgjeves. Hun dro likevel tre kondomer ut av bhen og stappet dem ned i bukselomma, før hun puttet klærne tilbake og møysommelig spylte ned toalettet og vasket hendene.

Etterpå nippet hun til den sure vinen og hørte på Jørgen snakke om seg selv uten stans. Han fortalte villig vekk om mastergraden han jobbet med, om Holmenkollkompisene sine, sommerturer i Yachten til kameratene og om familien sin. Ingenting hun kunne bruke ennå. Hun kunne latt tvilen komme ham til gode og tenkt at han sikkert var nervøs, men han var for vakker til å være av den usikre typen. Ikke uten en viss overlegenhet, merket hun seg at han var nesten like selvopptatt som Helene. Vanligvis ville den typen menneske gjort henne usikker. Hun var lettet over at det virket motsatt med Jørgen. Hun lot ham holde på og nikket og mmm-et, på det hun følte var de rette stedene. Tungen klistret seg bak fortennene, uttørket av vinen. Hverken det eller smaken, lot seg dempe av blåbærvannet han hadde servert ved siden av. Til slutt orket hun ikke mer og tok hånden hans. «Jeg tror det er på tide jeg tar kvelden. Må jo tross alt på jobb i morgen. Men det har vært en kjempefin kveld. Jeg håper vi snakkes igjen.»

Han så helt himmelfallen ut. «Men vi har huset for oss selv hele natta,» stotret han, som om det alene var grunn nok til å bli. Tvilen raslet med sablene seg et sted langt inne i hjernen og et øyeblikk tenkte hun på å la ham ta henne med inn på det skitne, rotete gutterommet igjen. Men sex bare for å være grei hadde hun sluttet med. Tanken fikk det til å vrenge seg for henne. Hun fikk kontroll på tungen og sa; «Beklager, vakre deg, men jeg skal opp før solen i morgen. Jeg vet at du forstår.» Det var et triks hun hadde lært av Øystein. Han svarte ikke, men reiste seg for å følge henne ut til gangen. Før hun gikk kysset hun ham hardt og fikk ham til å love å ringe henne dagen etter.

Kapittel 4

Fra høyttalere i tronplassen under vinduene slo Frost all angst ut av brystet på Madelen, med god gammel Satyricon-musikk. Rotelforsterkeren sørget for at musikken føltes like mye som den hørtes. Når bassen tvang seg gjennom kroppen hennes lyttet hun med hele seg, og alle negative tanker stilnet. Nå og da knitret det så herlig sjarmerende. Hun spilte vinyl i dag. Stine lot som hun grøsset og klagde høyt hver gang. Madelen lot som hun ikke hørte henne. Madelen og Stine satt side om side og lyttet i stillhet, i hver sin grønne plaststol, med hver sitt enorme colaglass foran seg. «Så ... Skulle du svare ham en gang, eller bare driter du i ham?» Stine snudde stolen mot Madelen, som om det ville vært tvil om hvem hun snakket med. Madelen lukket øynene og tok en ny slurk. Ventet en stund før hun trykket lyden ned og svarte. «Skulle vi høre på musikk, eller skulle du skravle høl i huet på meg?» Stine snudde stolen tilbake og la bena ukomfortabelt på bordet. Etter noen minutter hentet hun en pose potetgull i Madelenes kjøkkenskap, før hun la beina opp igjen.

«Men, hva blir det til?» Madelen sukket. «Joda, jeg skal svare, men må ha ham litt ivrig. Han har godt av å vente litt.» «Du leker med ham du.» Under rynkede øyenbryn og smalnede øyne skar stemmen til Stine olmt. «Neida. Jeg bare passer på å holde

49

ham interessert.» «Han har invitert deg flere ganger og du venter

timevis med å svare og later som du er opptatt. Det er ikke å

holde på interessen akkurat.» Hun bet seg i leppen for å ikke le,

men et fnis unnslapp likevel. På den ene siden var hun fullstendig

klar over at det ikke var pent gjort, men så mange som hadde

gjort det samme med henne, var det ikke så lett å mane fram

noen skyldfølelse over det.

«Du overdriver,» svarte hun med et dårlig skjult smil.

Stine freste nå. «Du, av alle, burde vite bedre enn å leke med folks

følelser. Husker du hvor knust du var over han ...» «NOK»

Det hadde ikke vært meningen at stemmen hennes skulle

være så høy eller så sylskarp, men når den først hadde sluppet ut

sånn ville hun ikke be om unnskyldning eller ta noe tilbake.

Leppene hennes strammet seg over tennene og blikket hardnet.

Stine la hånda si over hennes og så mildere ut. «Unnskyld, Darling,

jeg mente ikke å minne deg på ham.»

Hun prøvde å svelge bort klumpen i halsen. Stine så med

store, angrende øyne på at Madelen ryddet vekk tomme ølbokser

fra forrige helg og sorterte malingstubene på bordet. Først da hun

hadde fått klumpen under kontroll, satte hun seg igjen. Med raske

fingre trykket hun ut en melding, slang telefonen skjødesløst

tilbake til bordet og som et endelig punktum for samtalen sa hun;

«Han kommer i kveld. Skål, da.» Hun løftet glasset mot Stine, som satt med munnen og utringningen full av potetgull. «Vi må kjøpe

øl og mer potetgull så jeg har noe å servere ham.» Stine lente seg

framover og hostet. Da hun endelig fikk kontroll på stemmen,

nærmest ropte hun; «Seriøst, DET er det du har tenkt til å

servere? Du skal ikke lage noe?» Madelen lo høyt mens hun

tråkket nedi skoene sine.

Støvet hang i luften og i det lille lyset som slapp inn,

gjennom de lyseste av stripene i rullgardinen, ble det så

fremtredende at lungene føltes som de fyltes av det. Gorm

kremtet, men det ble ikke lettere å puste av den grunn. Vannrette

striper i mørkebrunt, lysebrunt og innrøykt gult, tystet om at

ingenting hadde vært oppgradert på dette kontoret siden 70-

tallet. Kanskje tidlig 80, rettet han seg til. Det kunne godt vært

tidlig 80 også. I stedet for å belyse noenting understreket

taklampen bare det nedtrykkende, dunkle mørket. Skumgummien

syntes gjennom en slitt stripe foran på stolputen. Han tenkte på

de som hadde sittet i den stolen før ham. Skamfulle, nervøse.

Kanskje, som ham, fylt av avsky for den unge jyplingen som dømte

og nedvurderte folk, uten å ha noen anelse om livets brutaliteter.

Som kanskje aldri kom til å vite hvor hardt det var på skyggesiden,

der det ikke alltid var penger til mat og der husleien ikke alltid

kunne betales i tide. Der noen øl kunne utgjøre så stor forskjell på

51

om dagen ble til å holde ut eller ikke. Det måtte være mange, om han skulle dømme ut fra slitasjen. Men han ville ikke gjettet det samme om han bare skulle dømme ut fra de dirrende hendene, som nå fiklet med kodelåsen til en stor sort koffert. Ikke virket han spesielt nedlatende heller. Vekteren måtte være ny i jobben.

Endelig fikk han åpnet kofferten. Det burde vært en lettelse, men på de vidåpne øynene kunne det virke som han nå ble enda mer stresset. En svettedråpe rant fra hårfestet og nedover tinningen hans. Gorm måtte ta seg i det for å ikke klappe han på skulderen eller si noen beroligende ord. Det kunne fort bli bråk av det, uansett hvor god hensikten var. Det var ikke få ganger han hadde lurt på om det var en egen del av utdannelsen for å bli vekter, dette med å utsondre en aura av Mer Verdifull Enn Deg-het. Selv når de virket usikre og trengte hjelp med å fylle ut skjemaet, visste du aldri når de kom til å snu og spy det ut over deg. Synd, for denne virket egentlig som en trivelig gutt, hadde han bare hatt litt mer selvdisiplin og verdighet. Skuldrende krøp seg oppover halsen, nesten uten at Gorm merket det. Han krøllet tærne mange ganger for å forsøke å klemme nervøsiteten ut av kroppen. Det virket bare så lenge han klarte å konsentrere seg om det. Om og om igjen minnet han seg på at dette bare var en ung, uerfaren gutt som forsøkte å forsørge seg – og han ville snart være ute av dette innestengte, råtne helveteshullet.

Endelig klasket papiret høylytt i bordet foran den unge som satt ovenfor ham. Gorm forsøkte å lese ordene opp ned. Anmeldelse, stod det øverst – store bokstaver, sort på hvitt. Han kunne ikke tyde det som stod i den grå ruten i hjørnet, men det var liten tvil om at det var dårlig nytt. Ved siden av papiret som vekteren nå skriblet på – sakte og med stor konsentrasjon – stod to Hansa Bayer og en Toppris. Med rolige, tydelige bevegelser, for å ikke provosere den unge til å gå i lufta, skjøv Gorm bankkortet sitt over bordet med ID-siden opp.

«Åfaen,» utbrøt gutten, og så seg skyldbetynget rundt. «Jeg glemte å ringe sentervekterne.» Pulsen til Gorm steg, og det var hans tur til å svette. «Dem trenger vi vel ikke. Vi bare fyller ut selv. Jeg skriver under, jeg. Ikke noe problem det altså.» Han kremtet og svelget tungt. Håpet for all del gutten ikke hørte bønnen i stemmen hans. De uniformerte vekterne var noe helt annet enn denne unge jyplingen. Dem ville det aldri i verden nytte å snakke til. Blaserte drittunger, fullstendig blottet for empati. De hadde nesten alltid innbilt seg at anmeldelsen ikke ville få noen konsekvenser for sånne som ham. I alle fall de han hadde vært borti. Minnet om de gangene han hadde vært utsatt for uniformerte apekatter, som så seg selv som dommer, jury og bøddel fikk fremdeles hårene til å reise seg på hodet hans, og kneet til å verke der de for få år siden hadde brukket det.

Drittungen hadde satt seg selv nærmest døra, så om han forsøkte å storme ut ville han klare å ta tak i ham. Kanskje. Kan hende han klarte å være kjapp nok. Han ville være den første til å innrømme at det ikke var så mye futt igjen i den gamle skrotten han bodde i, men med den rette drivkraften kunne han sannsynligvis løpe et stykke. I hodet spilte han av veien gjennom butikken, gjennom korridoren som førte til p-huset og ut i friheten. Når han kom så langt ville de sannsynlig gi opp jakten. *Hvis* han kom så langt, var vel egentlig nærmere sannheten – tenkte han bittert. Og fikk de tak i ham ville det bli mye verre om han hadde forsøkt å stikke av.

«Han begynner å se ganske stressa ut, faktisk. Best dere skynder dere,» sa gutten. Hjertet hoppet opp i halsen på Gorm. Hva i huleste som var vitsen med å si akkurat det, skulle han gjerne hatt svar på. Sadistiske drittunge. Han svelget tungt igjen. Luften virket enda tykkere og tørrere enn for noen minutter siden. Gorm prøvde intenst å fokusere på hva guttungen skrev, for å ikke bukke under for tanken på ydmykelsen som ventet. De som ikke hadde opplevd å sitte slik på et butikkontor og bli presset av folk som var for unge eller for heldige til å noen gang ha opplevd motgang. De som aldri hadde kjent på stikket gjennom hele kroppen, når en smilende, blodfersk småprins stod utenfor kassen med et plastkort og et bråkjekt; «Skan-kontroll! Bli med meg.» Disse bortskjemte jålebukkene ville aldri noensinne vite hva sann ydmykelse føltes som.

Det kunne ikke ha tatt et minutt engang før de stormet inn. En hel gjeng av dem. Svære, bredbygde, med uniformsermene brettet opp og et plastkort hengende på brystlomma. Bildene på plastkortene viste glattkjemmede gutter, med trutmunn og overlegne blikk. Bildene strålte; «Se, Mamma, jeg klarte det. Jeg ble ansatt som vekter.» Som om det var den største bragd de kunne håpe på å oppnå i sine små, meningsløse liv. Stoltheten av å ha fått den mest nytteløse, utakknemlige, hjernedøde jobben som noensinne var oppfunnet, var latterlig. «Se, Mamma! Jeg banker de som samfunnet har trykket ned i søla, og jeg får timesbetalt for det.» Gorm fnøs av det. Han rynket nesen i avsky og visste at uansett hvor rolig, hjelpsom og grei han nå forsøkte å være, ville det ikke føre til noe som helst.

Den høyeste av dem kastet seg over ham så stolen veltet. Smerten i albuen da de traff gulvet var så intens at han mistet pusten. En av de andre kastet seg etter, men en tredje huket seg ned ved siden av dem og holdt armen til Gorm klemt mot gulvet, som om den spinkle, rynkete armen ville være i stand til å kaste dem begge av seg. Vill i blikket stirret den høye på guttungen. «Han var vanskelig, sa du?! Slo han etter deg? Prøvde å stikke av?» Han ble helt perpleks. Hånden hans rullet et hjørne av anmeldelsen og han så fra uniform til uniform. «Uum. Eh. Nei, jeg sa at han så litt stressa ut. Han bare satt der.» Han som klemte armen til Gorm ned så enda sintere ut. «Så du tror du kan komme hit og tømme butikken for varer gratis? Sånne som deg skulle faen meg vært brekt opp i småbiter.» Mangelen på voldelighet fra Gorms side så ut til å erte ham opp, som et rødt tørkle foran en vettskremt okse.

«Hei, gutter, slapp av. Jeg hadde kontroll her altså. Dette gikk helt fint, vi skulle bare fylle ut ferdig.» Gorm nikket bifallende. Guttungen hadde virkelig mot nok til å si fra til disse gorillaene. Det hadde han aldri gjettet om ham, og var fornøyd med at folk fremdeles klarte å overraske ham, selv så mange merkelige folk han hadde møtt, gjennom et liv som ofte føltes alt for langt. Han høye, som Gorm nå hadde navngitt sjefsgorillaen i hodet sitt, gryntet noe uforståelig til svar. «Nei, seriøst altså. Dere må slippe ham så vi får skrevet anmeldelsen. Det her er å gå for langt.» Da de fortsatt ikke reagerte la han lavt til, med skjelvende stemme; «Ellers må sjefen min ringe sjefen deres.» Det lot til å være det verste som kunne skje i vekterverden. En telefon fra en sjef til en annen, eller verre – fra et vekterfirma til et annet – rettet Gorm til. Først nå så han at logoen på sentervekternes uniform ikke var den samme som på den sivile vekterens skilt. Uansett, den telefonen kunne tydeligvis føre til kjeft. Eller at de ikke lenger fikk plaget folk for penger. Han følte seg som det uskyldige offeret i skuddlinjen mellom forskjellige stormakter og krympet seg, så langt som det lot seg gjøre å krympe når man alt lå og sprellet på gulvet. Som ved et trylleslag var de tilbake til stående posisjon, og Gorm ble dratt opp i stolen igjen etter jakkekragen.

Brått stod de fire uniformerte med overlegne blikk og armene i kors, og utsondret, til alle som var i stand til å plukke opp slikt, en aura av jegkommerogtardeghet som ville fått Gorm til å le, hvis det ikke hadde vært for at han visste hva som ville skje når guttungen hadde sluppet ham. Nå satt han med tungespissen stikkende ut av munnviken og skrev videre på anmeldelsen. Samtidig prøvde han å se uanfektet ut. Da han var ferdig brøt han den trykkende stillheten med et triumferende smil og et;

«Vennligst les over og signèr her, dersom du går god for at dette er sannheten.» Sjefsgorillaen rynket pannen. «Bare skriv under, så går vi.» Gorm klarnet halsen før han snakket. «Jeg må nok få lov til å lese over først.» «Jævla igle. Sånne som deg skal bare gjøre som du får beskjed om. Kan du ikke bare skaffe deg en jobb og betale skatt sånn som oss andre folk?» Nå var det Gorms tur til å bli provosert. «Jeg har nok betalt mer skatt i mitt liv enn alle dere jyplinger til sammen.» Dette utløste et skred av latter, men guttungen forholdt seg stille. «Dere har ikke peiling på noe som helst. Dere er bare rævdiltere. Dere skulle prøvd å skape noe eget og sett hvor hardt det var. Det er ingen vits i å skaffe seg en jobb om man har sitti så dypt i det at man måtte tvinges inn i gjeldsordning, og sitter igjen med nok penger til ei pakke ris i uka, men fremdeles skylder millioner til staten, som de forsyner seg grådig av hver gang du har jobba inn ei krone eller tre.» Han bet seg i tungen, som utleverte hans største nederlag så villig til disse fremmede. En annen av vekterne kastet overlegent på hodet. «Har du hatt gjeldsordning så bør du vel være gjeldfri nå. Dummeste jeg har hørt at du påstår staten fortsatt tar penger etter gjeldsordninga.»

Gorm freste nå. Tanken på hvor bra det hadde gått en stund, på følelsen av å ha fått til et salg, en bra avtale med leverandører, på kontroll over eget firma, hadde ikke vært i ham på lenge nå. Nederlaget når han hadde slitt og jobbet nærmest døgnet rundt for å få det til å fungere, og fremdeles gikk med tap hver måned. Sparepengene som hadde flydd ut litt for litt. Først hadde han tenkt at han skulle sette dem tilbake på kontoen så fort det gikk bedre. Astrid skulle ikke merke noe, for han visste hvor skuffet hun ville blitt hvis hun merket at han brukte opp pensjonspengene deres. Han hadde ikke sett noen annen utvei. Det viste seg at han tok feil. Hun hadde blitt så mye mer trist enn han hadde sett for seg. Hadde grått og ikke villet snakke med ham på mange dager, etter at hun åpnet kontoutskriften han for en gangs skyld ikke rakk å ta ut av postkassen og hive før hun fikk labbene i den. Starten på slutten av forholdet til den mest fantastiske dama han noen gang hadde hatt. Siden det hadde hun vært så opphengt i feilene hans. Drikkingen, sene kvelder hos venner. Når han lekte med datteren hadde hun kalt ham ansvarsløs. Så hadde hun, datteren, firmaet og pengene vært vekk.

«Der ser vi hvor lite du veit. Du aner *ingenting* om hvor hardt livet kan bli.» Han ble så sint at hendene hans klødde etter å få slått ham ned. Han visste han kunne. Han hadde vært nådeløs da han var yngre. Nådeløshet ville alltid få deg lengre i en kamp enn rene muskler. Guttungen reiste seg nå, prøvde å roe stemningen med en håndflate i lufta. «Du, jeg skjønner godt at du vil lese over først. Jeg setter pris på om du gjør det, så jeg er sikker på at alt blir riktig.» Han roet seg litt. Ristet på skuldrene og så for seg at sinnet raste av ryggen på ham. *Anmeldte puttet ovennevnte varer* – øynene hans føk opp til listen over. Joda – den var korrekt. Totalt potensielt tap for butikken med milliardomsetning kr 94,50. *opp i jakkeermet. Forlot så butikkens salgsareal via inngangsporten. Passerte siste betalingspunkt uten å betale for varene.* Anmeldelsen var oppdatert siden sist han ble stoppet for omtrent det samme. Beskrivelse av anmeldte, stod det i en egen rubrikk etter beskrivelsen av hendelsesforløpet. Tross ydmykelsen, frykten og sinnet måtte Gorm smile. Så interessant å få beskrevet hvilke trekk ved deg sjøl andre syntes var mest fremtredende. *Bred nese, grov hud, mager, halvlangt grått hår, tatovering av ørn på høyre side av halsen.* Neglene hans fòr over skjeggstubbene. Han følte seg eldre enn på lenge. Så ble pennen skjøvet over bordet. Med overdrevent sakte bevegelser tok han pennen og holdt den for leppene som om han tenkte. De fire uniformerte gorillaene himlet med øynene til hverandre. De skjønte nok hvorfor han drøyde tiden så lenge som mulig. Han skrev navnet sitt sirlig. Spurte etter datoen, til tross for at den stod lenger opp på samme ark. «Kom igjen, olding. Reis deg.»

Blikkene sved i ansiktet hans, da det underlige følget gikk gjennom butikken. Pene damer i tights, gamle par som studerte innholdsfortegnelsen, barn ved godtehyllene – alle stoppet de opp med det de drev med for å stirre på denne Gjerningsmannen, som var på vei ut. Gjennom senteret – forbi klesbutikker, en nøkkelsliper, koffert- og veskehandleren. Alle steder snudde de seg. Da de endelig hadde kommet ut hovedinngangen til senteret satte Gorm opp farten, og ville rett frem, langt vekk fra alt dette. «Hei, hvor skal du? Bli med meg.» Den harde stemmen gjorde vondt i ørene. Så tok en stor hånd tak i skulderen hans og ledet ham rundt et hjørne, og så et til. Da de var kommet fram til varemottaket, hvor det ikke var et menneske å se, stilte de seg rundt ham på alle kanter. Han så desperat rundt seg, etter en utvei. «Vi veit alle sammen at politiet ikke kommer til å bry seg med sånne saker. Det betyr ikke at det er greit for oss at sånne som deg kommer hit og stjæler.» Hjernen hans spant da en hånd traff haka hans, og det var bare så vidt han klarte å holde seg oppreist. Da den kom tilbake for å forsyne seg en gang til falt han overende. En fot sparket ham i siden, og han trodde panna hans skulle sprenges. Da det kom en fot fra andre siden ble han vippet rundt og ble liggende på magen. Kroppen føltes lett, smertene ble mindre intense. Han lurte på om han holdt på å dø, eller bare miste bevisstheten. Håpet glimtet i ham da en bil nærmet seg. En rusten, grå Skoda som satte opp farten og bråbremset foran dem. «Hva holder dere apekatter på med?» Stemmen skringet og skar idet en halvfet, pen dame med signalrødt hår kastet seg ut av bilen. Fra førersiden kom Hun til syne. Hun han hadde levd for og lengtet etter, uten at hun visste om det engang. Han ville bare dø. Ville ikke at hun skulle se ham sånn. Hun var nydelig. Øynene hans fyltes med tårer, ikke tårer av smerte – men over det vakre synet som møtte ham. Hun var helt usminket, så glatt, blek hud fikk puste. Håret hennes var satt opp i en flokete topp, og løse sorte klær hang rundt kroppen hennes. Men øynene, det stakk i ham da han så det. Flotte, mandelformede, grønne øyne formelig lynte i raseri. Det sinnet kjente han igjen fra kun ett annet menneske i

verden. Skammen la seg tungt over ham. «Rygg tilbake, jævler.

Hvis dere legger hånd på den fyren en gang til skal dere faen meg

få maling!» Gutta lo, og gikk mot jentene. Det så ut som de hadde

gjort dette før. Hun viste ingen tegn til å ha kjent ham igjen.

«Dere igjen? Når skal dere slutte med å bry dere med hva vi gjør?

Vi har rett til å beskytte senterets eiendom.» Gorillaen hevet

hodet, som om han trodde på de ufattelig dumme ordene han fikk

seg til å si. De så ikke på ham lenger, hverken jentene som tok

ham i forsvar eller gutta som ville banke gørra ut av ham. Han

spratt opp, skjønte at sjansen ikke ville by seg igjen, og løp så fort

de vonde beina ville bære.

Kapittel 5

Etter å ha vært hjemom og roet nervene litt stakk han innom puben for en kjapp øl med de gamle, kjente ansiktene. Freden kom liksom ikke tilbake til ham, uten at han klarte å skjønne hvorfor. Etter å ha dratt derfra gikk han omveien om blokka der hun bodde. Det var så mange år siden, det gjorde egentlig ikke noe særlig vondt lenger. Ikke hver dag i alle fall. Han ville bare at hun skulle ha det bra. Men når gutta snakka om henne og påpekte at hun ikke hadde snakka med ham engang, som de hadde for bare noen dager siden, vakte det følelser som han rett og slett ikke taklet. Hvorfor han ble boende i Oslo var han ikke sikker på. Det var ikke få ganger han hadde tenkt på å flytte til Sørlandet. Så slapp han å møte henne på gata. Slapp stikket gjennom kroppen når sjokket, som alltid kom, fikk ham til å glemme hvor han skulle. Eller den fortvilende følelsen når hun føyk forbi ham på puben uten å ense ham engang. Han hadde prøvd å overtale Sara til å bli med. Hun hadde blitt himmelfallen og hengt seg opp i at de ville flytta sammen. Det ble for seriøst for henne, sa hun. De hadde vært trofaste mot hverandre i over ti år. Stilt opp for hverandre og funnet på mye moro sammen. Han kunne ikke tenke seg noen annen kjæreste, selv om han gjerne skulle ønske han hadde en som var der i hverdagen også. Ikke bare en og annen kveld. Man måtte jo bare le av svaret hennes, selv om han egentlig visste hvorfor hun aldri ville tørre å flytte fra Oslo. Her hadde hun de gamle, kjente langerne som medisinerte de tynnslitte nervene hennes.

Han stoppet utenfor og kikket oppover blokka. Han visste ikke hvilket vindu som var hennes, men prøvde å gjette ved å se det lille han kunne se, gjennom dem det var lys i og der gardinene ikke var trukket for. Han visste ikke om hun var hjemme engang, eller hva hun brukte kveldene på. Det var best sånn, sa han til seg selv, men ønsket at han visste hvem hun brukte tiden sin med. Han hadde jo hørt noe, han hadde det. Hun rødhårede virket trivelig nok, men hun kunne da ikke være den eneste Madelen hadde i livet sitt. Hun ville ikke at han skulle ha noe med det å gjøre. Det hadde hun gjort helt klart. «Hvorfor kom du ikke?» hadde hun spurt, med tårer i øynene. Han visste at det hadde vært dumt å si på forhånd at han skulle komme. Hadde ikke den type liv, den gangen, hvor han kunne love at han skulle gjøre noe en annen gang enn akkurat nå. Mora hennes hadde advart ham mot det og avtalen var jo at han skulle si fra til henne, ikke til vesla sjøl. Han hadde hatt et anfall av overmot etter en spesielt flott tur i skogen sammen. Lovet henne en bestemt dag. Etter det han skjønte hadde hun sittet klar i gangen med skoene på hele dagen og kvelden han hadde sagt han skulle komme, og grått seg i søvn da mora endelig tvang henne i sengs. Han husket ikke lenger hva han gjorde den dagen. Hadde nok ikke husket avtalen og gått på puben, eller kanskje han hadde sovet. «Hvorfor kom du ikke?» Hun husket på det da han kom noen uker senere. «Jeg vil aldri se deg mere!» De harde ordene gjorde fremdeles vondt når han tenkte på det, så han forsøkte å la være. Nå kunne han stå her aleine og angre. Tårene fylte øynene hans og han blunket for å kunne se klart.

En av de sleipe gutta fra forrige kvelden, Holmenkollgutta, var på vei mot blokka. Sinnet raste i ham da han husket Are si han så Madelen med de gutta. Mens han stod der og ventet på at noen skulle åpne, vurderte Gorm å rive tak i gutten og forsikre seg om at han ikke hadde med seg noe han ikke ville at dattera skulle røyke. Han visste tross alt hva de gutta kom til deres del av byen for å kjøpe. Han lot det være. Han burde tross alt være glad for at hun var sammen med noen nærmere sin egen alder enn han hadde hørt hun var sammen med tidligere. Og han måtte tro at Astrid hadde oppdratt jenta bedre enn som så.

Hun hadde akkurat rukket å stappe det av oppvasken som ikke fikk plass i den overfylte maskinen, inn i søppelskapet da han ringte på. Før hun slapp ham inn tok hun en siste kontroll av leiligheten. Håndflatene hennes svettet og brystet skalv. Hun freste av sin egen barnslighet og usikkerhet. De maleriene som avslørte for mye angst var tatt ned. Skitne klær var stuet bort og et tau var tilfeldig slengt i sengen, og møysommelig skjult av dynen. Hun ville naturligvis være svært overrasket senere, når han flyttet på dynen og oppdaget at hun hadde glemt å gjemme det vekk. Det hadde vært vanskelig å velge musikk. Måten han hadde rynket på nesen av alt som ble spilt, stakk fram som det mest fremtredende minnet fra kvelden og samlingen hennes var vel det han ville kalle spesiell. Til slutt hadde hun hevet på en plate med Ac/Dc. Det var det mest kjente i samlingen og hva som helst var bedre enn stillheten. Den lokket bare fram alle tankene hun ikke orket å tenke.

Så kikket hun misfornøyd i speilet og rettet på kjolen før hun åpnet med et hjertelig smil. Han hadde med blomster til henne. Smilet hennes stivnet, men hun skakket på hodet og håpet at han ikke oppdaget det. Han var ung. Han visste sikkert ikke at blomster var en for upersonlig og generell gave for en dame med personlighet. At han med gaven fortalte henne at han trodde hun var som alle andre jenter, eller at alt han «visste» om jenter var at han hadde lest et sted at de synes det var romantisk å få blomster.

Hun viste ham inn og plasserte ham ved bordet hvor hun alt hadde satt fram en øl til ham. Så åpnet hun kjøkkenskap etter kjøkkenskap, så vidt på gløtt, mens hun kikket på ham i øyekroken for å se om han la merke til at hun hadde stuet inn alt mulig rart for at leiligheten skulle virke ryddig. Noe annet ville ødelagt hele inntrykket hun forsøkte å gi. Øynene hans var limt til mobilen, og en hånd hvilte rundt ølet. Han så heldigvis ikke hva hun drev med. Hun kunne ikke komme på hvor hun hadde gjort av vasen. Til slutt gav hun opp og tok ned en ølseidel, som hun fylte med lunkent vann. Inni seg bannet hun, og følte seg som en marionett-dukke mens hun fjernet papiret. Føyelig. Lydig. Æsj. Tapebit for tapebit skrellet hun av, hendene hennes var forsiktige så de ikke skulle ødelegge innholdet – men sinnet hennes vokste til det fylte hodet og brystet hennes. Hun matet det rikelig mens hun holdt på. Som om noen kunne valse inn til henne og tvinge henne til å glede seg over en kvast med planter som var blitt klippet fra roten sin før de var klare for å dø, tenkte hun. Med gnissende tenner presset hun det ut av syne, for å ikke skremme vekk inngangsbilletten til gjengjeld.

Inni pakken lå et kort. Det bar en tegning av en bamse som holdt et hjerte. Hun himlet med øynene og lurte på om hun ville klare å unngå å fortelle ham at hun var for gammel for sånt. Hjertet hennes hoppet over et slag da hun så at han hadde kjøpt lilla nelliker. Knærne truet med å svikte. Hun måtte blunke vekk tårene før de fikk en sjanse til å grise til sminken hennes. Øystein hadde kjøpt slike til henne mange ganger. Første gangen for tre –

fire år siden, da han stod på døren hennes uanmeldt og sa han

bare ville ønske henne velkommen til bedriften. Han hadde endt

opp i sengen hennes og lenge hadde hun trodd på at det var helt

uplanlagt. Deretter nå og da, når han ville få henne til å smile. Det

var et av hans mest plagsomme trekk, alle de gangene han ikke

hadde lagt merke til at hun smilte av pliktfølelse og holdt sine

egentlige tanker for seg selv.

Kvalmen tok henne da hun tenkte på at buketten han

hadde tatt med, deg kvelden han kom for å fortelle at han ikke

kom til å besøke henne noe mer. Kald og direkte hadde han sagt

at det ikke var riktig av ham å fortsette å treffe henne, siden hun

faktisk jobbet for ham. Det hadde vært så vondt at hun knapt fikk

puste, enda mindre svare ham. Når hun tenkte på hvordan hun

hadde bitt tennene sammen og nikket taust var det vanskelig å

ikke forstå at han ikke ønsket å treffe henne lenger. Selv da hun

stod der hadde hun skjønt det. At en dame som ikke engang

kunne snakke for seg ikke var spesielt attraktiv. Dess mer sint hun

hadde blitt på seg selv, dess mindre ord hadde hjernen hennes

klart å foreslå for henne. Før han gikk hadde han gjort et nummer

ut av hvordan de måtte fortsette som før på jobben – late som

dette aldri hadde skjedd og da kom alt til å bli så mye lettere for

dem begge. Hun hadde kort mumlet seg enig, uten å tro det et øyeblikk. Fortalt seg selv at om noen dager kom det sikkert ikke til å føles som om han hadde vært en del av hennes innerste følelsesliv i det hele tatt. Først etterpå hadde raseriet fått slippe ut og hun hadde kastet blomstene, fremdeles i vasen, på døren da han lukket den. Så hadde hun slått hull i en vegg med knyttneven. Etterpå hadde hun hengt et maleri av Fåvne og Sigurd Fåvnesbane over det hullet.

Det hadde jo gått strålende på jobb etterpå. I hvert fall i to dager. Helt til hun nye hadde spurt om Øystein hadde til vane å kjøpe nelliker til nyansatte, med et selvtilfreds smil og et hemmelighetsfullt drag om øynene. Først da hadde hun forstått hvorfor han egentlig gjorde det slutt. Den dumpe smerten som hadde torturert henne siden han gikk, skled over i raseri igjen. Hun hadde brukt årevis på å lære seg å temme sinnet sitt, og den dagen hadde det nesten gått i svart. Nå tok det bare noen minutter før hun hadde kontroll på seg selv, og spaserte rolig ut i stua igjen og satte seidelen på bordet.

«Så, hvordan står det til hjemme for tiden?» spurte hun. Det var meningen at det skulle høres tilfeldig ut, men hun krympet seg over hvor planlagt og merkelig spørsmålet lød. Han bare smilte og la beina på stolen vis a vis den han satt på. «Jo, takk ganske bra. Eller …» Smilet ble mer usikkert og han nølte litt før han fortsatte. «Det er en del krangling for tiden faktisk. Er ikke helt sikker, men det høres ut som om mora mi tror faren min er utro. Starta for noen dager siden. Det er helt sprøtt å høre på noen ganger.» Under bordet klemte hun neglene inn i håndflata, så smilte hun medfølende. «Uff da. Det er jo forferdelig. Men det ordner seg sikkert. Vet du hvorfor hun tror det?» Blikket hans ble sløret og stirret på noe milevis unna mens han rystet sakte på hodet. Hun lente seg over bordet og klappet ham medfølende på hånda. «Det kommer nok til å gå over. Alle som er gift har noen dårlige perioder innimellom.» Det usikre draget over ansiktet hans var fremdeles der, men han så i det minste på henne mens han holdt det pålimte smilet over ansiktet.

Hun lurte på om hun burde si noe mer trøstende. Det virket som han trengte det. Dessverre var hun smertelig klar over hvor dårlig hun var på sympati. Hver gang hun forsøkte å si trøstende ord kom de bare ut som klønete nysgjerrighet. Hun var mer en handlingens kvinne, hadde hun for lengst bestemt seg for. Stine var vant til det, og sa konkret hva hun trengte hvis noe var galt. Virket som om alle andre forventet tankelesing av henne. Sånn flaks at hun hadde Stine. Ingen andre ville noen gang forstått. Forsiktig klemte hun rundt hånda hans, mens hun prøvde å komme på noe positivt å si om situasjonen. Med en viss skam innså hun at hun smilte mer over gleden av å ha oppnådd noe enn for å trøste ham. Han så veldig liten ut nå. Litt ubehjelpelig.

Hun tenkte at hun skulle si noe om hvor bra det egentlig var at moren fremdeles ble sjalu, at de måtte bety mye for hverandre. I stedet gled det ut av munnen hennes som; «Menn fra den generasjonen gjør jo ikke det for å være slem med kona. Det har litt med machokulturen hos de som er av den litt gamle skolen. Jeg synes ikke du skal bekymre deg så fælt, baby.» Det stive smilet hans gled over i et sjokkert gap. «Så du tror han har gjort det?» Hun trakk på skuldrene og lette i dypet av seg selv etter ordene som ville få ham på hennes side. «Det er jo ikke så usannsynlig. For vår generasjon er det nok litt sjokkerende, men for hans trenger det ikke å bety noenting.» At hun selv for lengst hadde sluttet å tenke på ekteskap som noe annet enn en mindre ubeleilighet, håpet hun han aldri ville merke.

Så lente hun seg fram enda litt til, i håp om at den utringede toppen ville gjøre jobben ansiktet og de stubbete fingrene aldri ville klare. «Ikke tenk mer på det, baby. De gjør opp seg imellom. Jeg er helt sikker på det.» Blikket hans flakket og han så fremdeles litt usikker ut. Hun måtte finne på noe for å få ham ut av det. Ellers ville hun kjede vettet av seg. Vel vitende hvor risikabelt det var hvisket hun. «Du er så dødsdigg, vet du det? Blir så kåt av deg.» Øynene hans ble store og gliset hans fortalte henne at det gikk hennes vei. Sakte reiste hun seg og rygget mot soveromsdøra, mens hun så forlokkende på ham. Magen sitret av triumfen. At hun ble overrasket av at menn ville ha henne, ville hun aldri ha innrømmet ovenfor noen, men resultatet ble det samme hver gang.

Ølet veltet da han reiste seg på skjelvende ben. «Drit i det,» sa hun skarpt, da han så seg rundt etter noe å tørke med. Han turte ikke å se henne i ansiktet, men holdt blikket stivt mot magen hennes da han gikk etter henne. Fornøyd trykket hun skuldrene bakover så utringningen skulle bli enda vanskeligere å holde blikket fra. Før han la hendene om livet på henne tørket han dem på buksa si. Med en viss selvgodhet merket hun seg at de skalv. Den gangen de møttes på puben hadde hun tenkt på ham som en selvsikker erobrer. Det begynte å demre at hun hadde feiltolket ham grovt.

Leppene hans var kalde. Tungen roterte inni munnen hennes, og hun lurte på hvem som hadde innbilt ham at han måtte forte seg slik. For å slippe unna den irriterende ivrige tungen hans kysset hun ham på halsen, og lot tennene den bite mykt og lekent. Skjorteknappene var trange og hun hadde mest lyst til å rive dem over for å få det overstått. Selv om hun var temmelig sikker på at han ikke ville turt å bli forbanna over det, lot hun være og kledde av ham sakte.

Med alle klærne hans liggende i en krøllete haug på terskelen til soverommet krøp hun opp i senga, fremdeles med

72

alle sine på. Skjønt, det var ikke mye av dem. Vel vitende om at

det kunne være litt overdrevent for anledningen hadde hun valgt

den korte skinnkjolen. I den dempede belysningen var hun relativt

sikker på at hun så bra ut. Hoftene hennes viftet, som om hun var

en logrende hund, og hun smilte så forførende hun kunne. På ustø

bein fulgte han etter. Han satte seg på sengekanten. Hendene

hans søkte kroppen hennes, og endte på hver sin overarm. Hun

kvalte et fnis.

Stønnet da tungen hennes fant brystvorten hans fikk

henne til å glimte ned. Pikkhodet hans glinset. Den var større enn

hun mente å huske, og bøyd innover. Et øyeblikk var det som hun

fikk støt gjennom magen, han lignet definitivt sin far der og.

Panna hennes støtte mot skulderen hans. Signaliserte at han

skulle legge seg ned. Så stakk hun hånda innunder dyna og fomlet

etter tauet. Det ville være å strekke grensen hans, ingen tvil om

det. Han hadde ikke gitt noe inntrykk av erfaring annet enn den

første natten. Og den husket hun tross alt ikke nevneverdig av.

Enten ville den falle ned av sjokket, eller så ville han være

for rask. Hun måtte ta sjansen, om hun skulle skille seg ut og

holde fast ved hans interesse. Endelig fant hun det. Sakte,

overdrevent sakte, dro hun det fram. Hun ville at han skulle se det

før hun bandt det rundt håndleddene hans, for å gjøre det klart at

hun ikke ville tvinge det på ham. Tauet var fløyelsmykt. Lenkene passet dårlig til en førstegangsopplevelse, så det hadde hun dyttet langt under senga der han aldri ville se det. Rødt. En liten dusk i hver ende. Ikke et tau laget for å skremme noen.

Hun lot dusken gli fra skulderen hans og ned mot håndleddet. Hun kunne høre at han sluttet å puste et sekund. Kanskje forsøkte han å bestemme seg for å gå eller bli. Hans varme pust traff halsen hennes igjen. Han ble. Forsiktig knøt hun en løs knute, festet midten på tauet til sengegavlen, og søkte den andre hånda hans. Den kom opp for å møte hennes. Han var med. Pusten og hendene hans skalv, men han var med. Fingrene hennes fisket opp et kondom fra bhen. Mens hun satte det mellom leppene prøvde hun å se ham i øynene. Hans var lukket. Hun krabbet ned til hodet hennes var i høyde med pikken, og tredde kondomet på med munnen. Han klynket og bannet høyt av iver.

Da hun glattet det ut med fingrene hørtes han nesten ut som han var klar for avgang. Derfor gadd hun ikke å ta seg bryet med å kle av seg, men nøyde seg med å dra kjolen opp før hun tredde seg ned på ham. Svetten silte av panna hans. Han forsøkte å tørke den på overarmene sine, men oppnådde ingenting, for de var ikke mindre svette. Hun stirret intenst på ham. En kunne trodd hun forsøkte å mane ham til å holde ut lenger enn han så ut til å klare.

Han var så vanvittig kjekk der han lå med muskuløse armer fastbundet over hodet. Synet gjorde henne våt og det var godt å ri ham. Det gjorde det så begredelig at han, allerede før de startet, så ut som han var nærmest ferdig. Han må ha holdt et minutt før han pep sjokkert og det hele var over. Hun smilte ekstra stort for å skjule skuffelsen, mens hun løsnet knutene. Et stotrende «unnskyld,» vitnet om at han hadde forventet mer selv. Hun himlet med øynene – som om det var noe å be om unnskyldning for. «Seriøst, Jørgen – ikke be om unnskyldning for det. Det blir bare teit. Tar det som et kompliment, jeg,» sa hun og kysset ham fort, før han rakk å svare noe enda mer provoserende.

Hun trakk i kjolen og vrikket den på plass, og gikk så tilbake til kjøkkenbordet. «Skal du stå opp med en gang?» Spurte han, uten å røre seg fra sengen. «Kom ut da. Ølet ditt dovner snart.» Det stakk i henne da hun hørte ham sukke tungt, men hun nektet å vise det. Det et rykk rettet hun opp ryggen og skuldrene. Hun grep ølboksen sin og lot den andre hånda ligge avslappet på armlenet til den stygge hagestolen. Med stor konsentrasjon klarte hun å la være å fikle. Etter noen minutter kom han etter, med klærne sine i en bylt i armene.

Uten et ord begynte han å trekke dem på seg. Øynene hans var nå harde og kalde. Hun håpet hennes var like kalde, men ville ikke se rett på ham. Da han var påkledd stod han og betraktet

75

henne. Hun vred ukomfortabelt på seg. Det sinte blikket hans gjorde henne fysisk vondt. «Du er rimelig kald og kynisk,» sa han etter en stund. På tonefallet hørtes det ut som et spørsmål. Hun forsøkte å se overasket ut. På vaklende ben gikk hun bort til ham og la armene rundt halsen hans. Uroen som jaget gjennom kroppen lyste av henne, og alt hun kunne gjøre var å strekke opp nakken og bite tennene sammen i et forsøk på å se selvsikker og kontrollert ut. «Jeg? Bare fordi jeg stod opp av senga? Kjære deg, jeg skal på jobb i morgen så jeg har ikke hele natta. Jeg vet at du forstår.» Panna hans var fremdeles klam. Hun kysset den likevel.

En stikkende smerte i siden vekket ham. Med hånda klemt inn i siden ble han liggende i senga og lytte til kjøttmeisen utenfor vinduet. Orket ikke å tenke på hva det kunne komme til å bety. Orket ikke å tenke på hvor mye som ble ødelagt for ham sist han kjente dette. En klump vokste i halsen hans. Å ikke gråte ville kreve mer krefter av ham enn han hadde. Hjertet sank da en nøkkel skrapte mot døra hans i oppgangen. Først på treverket, deretter metallisk mot låsen. Hun var nok litt skjelven og ustø, men så lenge hun fant låsen var det som regel ikke for ille. Hun hadde blitt helt himmelfallen da hun fikk nøkkel til leiligheten hans. På et vis hadde gleden fått henne til å stråle, men hun sa likevel at det ble litt vel seriøst for henne å skulle ha nøkkel hjem til ham. Til det hadde han bare ledd, og hun hadde brukt den hver gang hun kom til ham siden – selv om han var hjemme. Vanligvis ville det vært en god lyd som fikk ham til å smile, men ikke i denne tilstanden. Nøkkelen fant endelig veien inn i låsen og klikket laget ekko i oppgangen da den ble vridd rundt. En tynn og forsiktig stemme hørtes fra gangen. «Hallo? Gorm, er du hjemme?» Han prøvde å svare, men det ble for anstrengende. Det ble bare et hvisket «Ja,» så han lå stille med lukkede øyne og hørte på henne sette skoene sakte og forsiktig i skohyllen og liste seg rundt i leiligheten. Skinnet i sofaen knirket da hun til slutt satte seg ned, og en ølboks hveste metallisk. Den hveste lenge. Han så for seg hvordan hun åpnet den umerkelig sakte, og hvordan tungespissen hennes presset midt på overleppa hennes når hun konsentrerte seg. Synet gjorde ham varm om hjertet, selv om det bare var synlig inne i hodet hans. Ikke lenge etter sovnet han. Da snorkelydene nådde stua, satte hun forsiktig boksen ned. Kroppen var så tynn at en kunne blitt overrasket over at hun stod på egne ben, men stod gjorde hun. Med forsiktige skritt gikk hun inn på soverommet og smøg seg ned i senga, ved siden av ham. Hun la seg tett inntil ryggen hans, skjøv sitt lange brune og gråstripede hår bakover og presset pannen mot den krumme nakken hans.

Kapittel 6

Solrike lørdager var idiotsikker garanti for at byen kom til å være stappfull av folk. Egentlig hadde Madelen hatt planer om å bli i sengen hele dagen, men Stine hadde ringt før 12 og mast henne ut av huset. «Det er så fint vær, Darling, vi må ut og nyte det før det går over.» Nå satt hun og viftet seg med menyen, mens hun stirret på båtene som kjørte sakte forbi. Isen hennes hadde smeltet. Madelen rynket på nesen og syntes den lignet kloakk nå, der den fløt i skålen sin. Hun ble kvalm av å tenke på at hennes sikkert så sånn ut også nå, nedi magen hennes. Hun svelget tanken unna med en slurk hvitvin. Den var tørr og smakte krutt. Stine hadde skrytt den opp i skyene.

«Irriterende frekke fugler.» Stine småsparket etter en måke som rykket seg rundt bakken under bordet deres. Rart at de turte når det var så stappfullt av folk der, men så var det vel ikke så vanlig at de ble sparket etter heller. «Sånn er det når du absolutt skal sitte ute,» gliste Madelen tilbake. Varmen gjorde det tungt å puste. Hun så seg rundt etter en servitør for å få fatt i et glass vann, men de holdt seg visst klokelig innendørs, der airconditionen gjorde det utholdelig å være.

Plutselig skjøt hånda til Stine fram og tok tak i halskjedet hennes. «Shit, det var rimelig porno. Men kult da. Fått det av han der …» panna hennes rynket seg, som om hun bladde gjennom det mentale navnearkivet sitt. «Eirik?» Madelen nappet det ut av hånda hennes og puttet det ned mellom kløfta i singleten. «Erik,» rettet hun, og var glad for at varmen allerede hadde gjort henne rød. Han hadde sendt det til henne. På det medfølgende kortet hadde det stått at han ville hun skulle ha det på seg og tenke på ham. Anhenget forestilte en flogger i sølv, på et langt kjettinglignende kjede. På avstand kunne det ligne et hjerte, så hun hadde tatt det på seg - til tross for at hun burde vite bedre.

«Så du treffer ham fortsatt?» Blikket hennes var granskende. «Nei,» løy Madelen. «Bare syntes det var et fint kjede. Maler en del BDSM greier nå så det er bare derfor.» Det var tydelig at Stine visste at det ikke var sant, men lot henne slippe med det likevel. Hun sa bare "Hm," og stirret ut over vannet igjen. «Du burde prøve å få stilt ut de bildene dine en gang. De er skikkelig proffe.» «Næh. De er for personlige. Dessuten holder det ikke at bildene er bra, man må sikkert være bestiss med en gallerieier eller noe sånt.» «Næsj, en fyr jeg dater nå sier at det er fullt mulig å …» «Men de er for personlige!» Hun hadde vært for krass igjen. Stine tidde stille og så ned. «Unnskyld.» Madelen hatet å be om unnskyldning, så ordet ble lavt mumlet mens hun så i bakken. Hun hatet enda mer å få Stine til å se trist ut. Hatet når andre gjorde Stine trist også. Hun ville gjort alt for at Stine skulle ha det bra, og det visste hun også.

For lenge siden, etter Stines første av mange havarerte samboerskap, hadde fyren prøvd å nekte å betale tilbake penger han hadde lånt da de var sammen, i tillegg til at han hadde beholdt alt de hadde kjøpt sammen de få månedene det varte. Han hadde ment at det var den risikoen man løp når man lånte penger til kjærester, og hun skulle visst bare akseptere at han var blakk. Stine hadde kommet gråtende til Madelen, etter noen desperate dager uten omtrent alt man trenger i en husholdning. «Du er så tøff, Madelen. Kan du ikke hjelpe meg?» Det var ikke at hun ikke ville. Hun ville gjort hva som helst for Stine, og syntes ikke noe om at noen var så urettferdig og egoistisk. Men de gangene hun var tøff var det fordi at hun ble så provosert at hun mistet kontrollen på raseriet. Hun trodde Stine visste det, så i bilen hele veien inn til fyren hadde hun gruet seg. Kjørt sakte og tatt omveier. Håpet var at han husket andre ganger hun hadde blitt sint, så hun slapp å gjøre noe mer enn å dukke opp med sinnarynke i panna. Eller at hun bare trengte å snakke fornuft med fyren. Det gikk ikke sånn, og hun skammet seg over det. Hun hadde stotret og nølt, og han hadde ledd av henne. Det provoserte og hun hadde skallet ham ned. Det var alt hun trengte å gjøre egentlig. Blodet fosset nedover den femi, hvite Jean Paulskjorta hans, så hadde han sjøl pissa i Ferner Jacobsen-buksa. Avskyen hun følte over at venninnen hadde vært sammen med en så patetisk mann var nok til å få sinnet vokse igjen. Pusten hennes var gått over i knurring. Dette var før Aleksander, hun hadde ikke noe forsvar mot raseriet den gangen. Men han tryglet henne om å ikke fortelle det til noen, og til gjengjeld skulle han levere både penger og tingene til Stine neste dag. På et vis hadde hun klart å stoppe der. Han holdt løftet sitt. Madelen holdt sitt, og Stine hadde aldri fått vite hvilken feig fjott han egentlig var.

«Ikke snu deg!» Stines paniske stemme fikk Madelens hode til å spinne rundt, og synet av Øystein som satt på nabobordet slo henne nesten overende. Han smilte selvsikkert og sjarmerende til damen han satt med. Kledd i en løs, hvit skjorte som var litt for åpen, så brysthårene syntes. Det stakk i henne av tanken på at hun ikke fikk gli fingrene sine gjennom det. Før hadde det smilet vært reservert til henne, og hun trengte bare å stå litt for nærme – sørge for at rumpa eller puppene gled inntil ham – så ville hans grådige fingre dra henne nærmere. Alle hennes sjuke fantasier kunne få fritt utløp, for hans trygghet og styrke tålte det den gangen. Han så på snusboksen på bordet, og lot fingrene spinne den igjen og igjen. Han hadde ikke sett henne ennå. «Jeg sa du ikke skulle snu deg,» hveste Stine da Madelen snudde seg tilbake. Hun var sikker på at solbrillene var mørke nok til å skjule angsttårene som sakte fylte øynene, men de skjelvende hendene var det verre med.

Han satt sammen med en eldre dame. Det vil si, nærmere hans alder enn henne selv i hvert fall. Ganske pen, men kraftig sminket med sterke farger. Smykker av gull gloret til hals og hender, sammen med et tykt perlekjede. Hun trodde vel det var pent, men det overskygget hvor perfekt, jevn og melkehvit huden hennes var. Fikk henne til å minne mer om et juletre enn en kvinne. Klærne så dyre ut, og vesken hun skjødesløst satte på bakken var en Louis Vuitton. Det kunne ikke være andre enn kona hans. Det var mer enn halve vinglasset igjen, men Madelen slang det nedpå i én slurk. Det roet ikke angsten littegrann engang.

For å komme ut ville hun bli nødt til å gå forbi det bordet. Det var ingen andre alternativer enn å bli sittende og håpe han ikke ville legge merke til henne. Andpusten og stadig rødere så hun stivt mot venninnen. Hun hadde begynt å plukke i isskålen med skjea. Da hun så bort på henne og sa uforholdsmessig høyt «Så da går det fint med deg og Eirik, da – siden du går med smykket han ga deg,» frøs hele kroppen hennes. Til tross for den intense varmen reiste håret på armene seg, og alt hun fikk presset ut av munnen var et idiotisk «Eh.» Forbannede Stine som gjorde alt så mye verre. Om det var noe hun i alle fall ikke skulle utbasunere ovenfor ham var det at hun traff andre. Hvis han fikk greie på at hun hadde hatt en hel kolleksjon av menn, så lenge hun gadd å huske, ville han aldri ombestemme seg.

En snap tikket inn på mobilen hennes. Jørgens ansikt så alvorlig mot kameraet, og i bakgrunnen var gardinene trukket for vinduet hun hadde rømt ut av noen uker tidligere. «Tenker på deg konstant. Treffes igjen?» Stod det i tekststripen. Han så dratt ut. Langt eldre enn hans noenogtyve år. Gleden hun følte ved meldingen overasket henne. Det var som om den kunne tappe angsten ut av årene på henne. Før hun snappet en selfie å melde tilbake med fisket hun floggeren fram og sørget for at den var strategisk plassert der hun ønsket oppmerksomheten hans. «Det vil jeg gjerne. Smil litt da, Kjekken ☺»

Med selvtilfredshet ignorerte hun Stines nysgjerrige blikk. For å virkelig erte henne la hun telefonen på bordet med skjermen ned. Øyenbrynene på venninnen skjøt opp og hun trakk haken ned og la hodet på skakke. Madelen måtte fnise. Angsten i henne og iveren etter Jørgen, i skjønn forening, gjorde at det hørtes helt hysterisk ut, og hun forsøkte så kjapt hun kunne å dekke over at hun ble irritert på seg selv. «Skal vi forsøke å få fatt i mer vin, kanskje? Servitørene må vel snart våkne og innse at de er på jobb?» Som om hun ikke nettopp hadde vært panikkslagen så hun seg eplekjekt rundt og vinket mot en ung, gjennomsvett mann nedlesset av tomme glass og asjetter. I øyekroken så hun at

83

Øystein la merke til at hun var der. Hun blunket til ham over brillekanten, før hun snudde seg tilbake mot sitt eget bord. Det var overmodig, hun visste det, men det var som om hun ikke kunne temme det lenger. Det tikket inn en ny snap. «Jeg går på do en tur jeg. Bestill en hvitvin hvis han fyren kommer tilbake, da.» Hun tok med seg telefonen.

Toalettene stod i grell kontrast til det eksklusive inntrykket man kunne få, av de dukkledde trebordene på uteserveringen, det stivpyntede serveringspersonalet og mahognibaren innendørs. Gulvet var belagt med store hvite fliser med sorte og grå flekker. Det var sikkert slik de skulle være, men med sølete fotspor og en og annen ølflekk så det totalt nedskitta ut. På veggene hadde teite vitser og navn fått stå uvasket, og filler av tørkepapir prydet gulvet her og der.

Øystein stod utenfor doen når hun kom ut. Han lente seg inntil veggen og smilte sitt mest innbydende smil til henne. Fortennene var gulbrunt snusflekket i dag. Han må ha drukket mer enn et par øl, tenkte hun. «Madelen. Så koselig å møte deg her. Hvordan står det til med deg?» Hun fiklet nervøst med kjedet sitt og svarte «Jo, takk, bare bra,» og tenkte —akkurat som da jeg så deg i går, din tulling. «Det ser ut som du har det fint. Du er ikke sint på meg vel?» Fingrene hans dro i huden under haka. En gang hadde hun syntes at det var søtt, at han gjorde det fordi han ikke visste helt hvor han skulle putte hendene. Nå trodde hun han gjorde det for å gi inntrykk av å være nervøs. Tillært for å gjøre seg mer menneskelig, sånn at dumme damer skulle falle for ham. Som henne.

Hun lente seg ved siden av ham, fremdeles med floggeren mellom fingrene. «Nei, hvorfor skulle jeg være sint? Det er jo helt valgfritt om noen vil treffe meg eller ikke.» Den anstrengte tonen i stemmen hennes var plagsom og hun kremtet. Sakte lente han seg inn mot henne og dultet henne vennlig i skulderen. Hun smilte til ham. Hun fant ikke de rette ordene, og forbannet stemmen for å svikte henne. Aller mest ville hun gjøre det klart at hun så tvers gjennom spillet hans. Skjønte han ikke at hun visste om Helene? Trodde han at hun var helt blåst?

«Det går helt fint, Øystein. Vi bare fortsetter som ingenting, vi – ikke sant?» Hadde hun kunnet rive ut stemmebåndet og gitt det juling for sviket ville hun gjort det der og da. Det nyttet ikke. Foran ham ville hun aldri klare å få ut ordene hun trengte å si. For å vri tankene over på noe som ikke gav henne tårer i øynene, grep hun floggeren hardere og forsøkte å se Erik for seg. Armen til Øystein smøg seg langs veggen og rundt livet på henne. Kroppen hennes stivnet. Hun ville gå et skritt til siden for å unngå armen, men klarte det ikke. Han så henne alvorlig i øynene. Blikket hoppet fra det ene øyet til det andre, mens munnen åpnet og lukket seg – kanskje glefset den etter de rette ordene. Til slutt hvisket han; «Du er så vakker, Madelen. Jeg blir helt paff bare av å se på deg.» Så lente han seg ned og kysset henne. Til tross for hun helst ville nekte lukket øynene hennes seg av seg selv, og munnen kysset ham tilbake uten hennes medvirkning. Varmen bredte seg i magen hennes. Knærne ble helt kraftløse og hoftene presset skrittet hennes inntil ham. Hun la hånda på skulderen hans og skulle til å gli den rundt, til nakken, da han brått slapp henne, som han hadde brent seg. «Jeg beklager. Jeg kan ikke,» sa han, og hastet ut til bordet der kona hans satt og ventet. Tilbake stod Madelen målløs. For et kvarter siden kunne hun sverget på at hun aldri kom til å lengte etter ham igjen, og nå hadde verden rast sammen enda en gang. Mobilen varslet enda en snap. Hun slang telefonen ned i veska og gikk med tunge skritt tilbake til bordet deres.

«Hei, ikke så fort da. Vent på meg. Vi rakk ikke å betale engang.» Madelen lot som hun ikke hørte Stine rope, eller småjogge så raskt som man kan med så høye hæler, for å få tak i henne. Da hun hadde nådd henne igjen spurte hun hvesende, mens hun hev etter pusten; «Hva skjedde der inne? Jeg så at han gikk inn etter deg, men tenkte ikke at han kunne komme til å gjøre deg noe.» «Han gjorde meg ingenting.» Hun så stivt fremfor seg og gikk fremdeles med raske skritt. Hvor de skulle ante hun ikke. *Fra* hadde vært langt viktigere enn *til*, da hun hadde sust

forbi Stine med et raskt «Nå går vi.» Hvis hun hadde tatt seg tid til

å snakke noe mer enn det, hadde hun begynt å grine. Hun regnet

med at Stine ville vite det uten forklaring. De hadde tross alt kjent

hverandre nesten hele livet.

Til-et løste seg uansett raskt, da hun fikk øye på det rustne

jernskiltet til Constanse, med den sorte malingen som hadde

flaket av i alle de årene hun hadde kjent til stedet. Tung metal,

dempet belysning og en skyggefull bakgård var akkurat det hun

trengte nå. Der ville hun i det minste passe inn, og kunne

nærmest gjemme seg bort. Stine hatet stedet. Sa det gjorde

henne nedtrykt. Hun fikk bare bite det i seg denne gangen.

Idet hun valset inn døra og nikket et hei til Jostein i baren

freste Stine bak henne. «Åååh! Okayda, men vi sitter ute

fortsatt.» Jostein gliste. Det var langt i fra første gangen han

hadde sett Madelen haste inn med Stine klagende etter – som en

rødhåret hale som knurret av seg selv. Han visste at hun ville bli

blid igjen bare hun fikk roen over seg, og et par øl i hodet. «Bare

sett dere, ladies, jeg kommer med ølet om to strakser.» Stine

åpnet munnen og forsøkte å forklare at det var vin hun ville ha,

men Madelen fortsatte gjennom lokalet og til utebordene, så hun

lukket munnen og fulgte etter. De gikk forbi Martin og Timmy – to

tatovører som eide sjappa vegg i vegg med denne. De pleide å komme hit for middag og pils etter jobb hver eneste lørdag. De gikk forbi tre fjes de så hver gang de var her, men som aldri sa et ord til noen, annet enn til hverandre. De gikk forbi gamle Are som var her nesten hver eneste dag og som fikk en vanvittig trang til å snakke om sine yngre dager som sjømann, når det led litt utpå kvelden, hvis noen gadd å se i hans retning. Madelen hadde hørt alle historiene hans tjue ganger. Det var vel en og annen ukjent kunde også, men de telte ikke. Ikke her.

Med et vennlig smil og en pose chilinøtter på huset ble ølet plassert på bordet foran dem. Josteins ansikt var kledd i jernringer og kuler som knitret mot tennene når han smilte. Håret var barbert bort, bortsett fra en kort hanekam som han antageligvis hadde hatt siden det var kult på 80 tallet. Falmede flammer stakk opp av kragen på en utvasket sort skjorte. Timmy maste innimellom om å få friske opp fargen på de tatoveringene, men Jostein bare fleipet det bort som jåleri. De satt i stillhet og så på folk som festet, hadde det trivelig sammen, sang med til musikken - og et par som hveste hissig til hverandre. Hun så veldig ung ut. Veldig ordentlig, med nystrøkne klær og en perfekt glatt hestehale. Hendene hennes fiklet med mobilen og hun så seg nervøst omkring. Med et skjevt smil tenkte Madelen at hun sikkert ikke var gammel nok til å være her. Han, derimot, måtte ha passert 30. Han var så full at han hadde begynt å sjele. Stine ventet tålmodig uten å spørre om hva som hadde skjedd i sted.

Hun visste at venninnen kom til å fortelle henne hva som hadde

hendt, så fort hun hadde fått roet seg nok til å stole på at

stemmen holdt.

Sjelefyren hadde reist seg og vaklet mot døren mellom

bakgården og baren. En enorm søppelbøtte holdt den åpen så de

skulle få litt luft inn. De brukte ikke penger på aircondition her.

Ustøtt dultet han borti Madelen, som sølte ut ølet sitt på buksa.

Det pep i ørene hennes. Sidesynet smalte seg inn og alt hun

kunne se var jævelen som dytta henne. «Hva faen holder du på

med?» ropte hun høyt, men ble sittende og forsøkte å komme på

hva det var Aleksander hadde sagt om situasjoner hvor sinnet

kunne ta overhånd. Hun satte fra seg glasset og kjørte neglene fra

den ene hånda inn i innsiden av håndleddet. Hun tenkte at hun

trengte å få kontroll nå. Hun slapp ikke sjelefyren med blikket.

Stine hadde delvis reist seg, klar til å tre støttende til, men da hun

så hånda som lå klemt over håndleddet satte hun seg ned igjen –

om enn bare ytterst på kanten av stolen. Hun så fra fyren til sin

venninne fyrverkeriet, og pustet igjen. Så lo han høyt. Stine reiste

seg. Gjennom hulkelatter sa han; «Ro deg ned, da, hissige

drittkjærring.»

På en brøkdel av et sekund var Madelen på føttene. Med

begge hender sugde hun tak i skjortekragen hans, og dro han ned så ansiktet hans var på høyde med hennes. «Hva faen var det du

sa til meg, jævla ape?» Han lo fremdeles, og svaiet voldsomt– helt

til Madelen dyttet hodet hans så langt fra seg som armene tillot,

trakk ham hardt mot seg, og skallet panna si i nesa hans. Hun

enset så vidt at det ble noe bråk i bakgrunnen. Noen stemmer

som skrek og noen som nappet henne i skulderen. Blodsmak fylte

munnen hennes og det brant fra magen til hodet. Alt hun kunne

se var denne frekke jævelen som hadde ledd av henne. Med

blodet fossende fra nesa, nedover klærne, deiset han i bakken.

Synet av blodet økte temperaturen i henne, og pipingen i ørene

ble høyere. Han gjorde ingenting for å ta igjen. Blodsmaken

spredte seg til nesa og ørene hennes. Snart fylte det hodet hennes

og øynene så ikke annet enn denne patetiske klumpen av en

mann. Foten hennes sparket mot overkroppen hans igjen og igjen.

Det føltes ikke som det var hun som gjorde det. Det ble sparket

gjennom henne og hun var bare et verktøy. Men hun ville det.

Hun hatet ham så intenst at hun kunne bli sparket gjennom til

beina datt av, om det var det som skulle til. Hun enset så vidt at

det sprutet rødt oppetter buksa hennes. Tuppen på Madelens lilla

boots ble farget av blod og sinnet fortsatte å øke. Alt annet falmet

og ble ubetydelig.

  Hun kunne se hvordan han vred seg av smerte. Hvordan

ansiktet så ut som det skulle sprenges da foten traff magen.

Blodårene i panna hans stakk fram. De var klumpete. Den høyeste lyden, utenom ringingen i ørene, var lyden når han hev etter pusten etter at hun hadde sparket ham i brystet. Etter bare et par spark i ansiktet sluttet han å reagere, men blodsmaken rev like hardt i henne og foten kjørte i vei som om han fortsatt lo. Det var ingen motstand. Ingenting ved mannen eller noe rundt viste antydning til å kjempe mot henne, eller forsøke å stoppe henne. Om det provoserte henne enda mer, eller om det bare var fordi det var lettere ante hun ikke. Men sparkene ble hardere og mer voldsomme for hver gang det rykket i foten.

Plutselig lå hun på bakken selv, på ryggen. Jostein lå over henne. Han hvisket noe, igjen og igjen. Hun oppfattet ikke ordene, men stemmen hadde ro. Det raslet metallisk hver gang kulene gled over tennene hans. Med lukkede øyne lyttet hun til tonefallet hans, til hjernen hvilte og verdens bakgrunnsstøy sakte nådde henne igjen. Hun lyttet til pulsen sin, og forsøkte å puste sakte. Det stod folk rundt og stirret. De kommenterte henne, kalte henne stygge ting. Hun prøvde å ikke ta det inn over seg. Da hun løftet så vidt på hodet, skimtet hun silhuetten av folk i en sirkel rundt noe hun antok var han fyren. Han lagde uklare gryntelyder. De rundt hadde bekymrede stemmer. «Madelen! Se på meg!» Lydig fulgte øynene Josteins stemme. «Har du kontroll? Er du her?» Hun nikket taust. Da reiste han seg. Munnen hans formet lydløst ordet Løp. Hun gjorde som han sa.

Det bar over det høye tregjerdet som skilte denne bakgården fra bakgården til restauranten ved siden av. Gjennom restauranten, ut på gata. Fort langs travle fortau, der hun dultet borti skuldre og handleposer. Over trafikkerte gater, mens bilene tutet og noen ropte etter henne. Hun visste ikke hvor lenge hun løp. Beina hastet avgårde av seg selv og hun tenkte ikke et øyeblikk på hvor hun skulle. Til slutt visste hun ikke engang hvor hun var. I sitt eget Oslo, hvor hun hadde bodd hele livet, hadde hun klart å rote seg bort. Hun sakket ikke ned farten av den grunn. Ikke før hun ble så stresset av de ukjente husene at beina ikke ville mer og lungene nærmest nektet å puste. Da gikk hun i stedet. Hun så seg nervøst rundt, men det virket ikke som om noen fulgte etter henne og de hun passerte stirret ikke nevneverdig. En taxi nærmet seg og hun vinket for å stoppe den. «Til Skjetten takk.» Pusten hennes pep og sjåføren ville vite om hun ikke skulle på legevakta i stedet. Hun ristet taust på hodet. Flere ord kunne hun ikke ytre akkurat nå. Hun håpet Eirin ville betale, ettersom lommebok og telefon lå igjen på Constanse. Det bekymret henne ikke. Hun visste at Stine eller Jostein ville gjemme det unna for henne.

Telefonen ringte mens Gorm satt på puben med Geir og Tor. Det var Are. Han var andpusten og hørtes panisk ut. «Jeg er utafor Constanse, Gorm. Det er dattera di. Du må komme.» Han sukket og dro håret frenetisk bakover med fingrene. «Vi har ikke med hverandre å gjøre, Are. Hu klarer seg sjøl.» På et vis skjønte han at det måtte være noe alvorlig, siden Are ringte ham om det. Han hadde kjent Are lengre enn noen andre. Are var klar over hvor landet lå med Madelen og at han hadde nøyaktig telling på hvor lang tid som var gått. Det var ikke få kvelder han hadde hørt på Gorms lengsel og ønske om at hun tok kontakt med ham. De kveldene det bare var de to. Hjemme hos en av dem. Da kunne Gorm være litt mer åpen om hvor landet lå hen. Om angeren på det som hadde skjedd. Om angsten for å kontakte henne og at han hadde skaffet telefonnummeret hennes uten å ha turt å bruke det en eneste gang, de årene han hadde hatt det lagret på telefonen sin.

«Ikke faen. Nå må du ikke feige ut, Gorm. Det har klikka helt for`a. Nå trenger`a deg.» Han ble helt svimmel. Han satt noen minutter etter at de hadde lagt på og forsøkte å få verden til å slutte å spinne sånn rundt ham, mens han vurderte. Are hadde vært helt sikker på at han kom. Gorm hadde vært helt sikker på at han ikke kom. Men når han fikk igjen kontroll over hodet sitt tenkte han at hun ikke hadde kjent ham igjen forrige dagen, og at det kunne være veldig bra om han faktisk kom i kveld. At han kunne være en sånn trivelig gammel gubbe som hun ble kjent med og kanskje kunne prate med når hun trengte det. Han trengte ikke i si det ekte navnet sitt. Håpet, som hadde vært hans eneste grunn til å orke å møte verden mange morgener, begynte å komme tilbake til ham. Han reiste seg på ustø bein og unnskyldte seg med at han var dårlig, før han begynte å gå mot Constanse.

Are stod på hjørnet noen meter fra puben, da han endelig fikk øye på det stygge skiltet som hang over døra. Han trippet og pattet på en røyk. Ansiktet hans så ut som det hadde sett jævelen sjøl, men lyste opp da han fikk øye på Gorm. Begynte å gå mot ham. Midt i veien stoppet han og fikla i lomma si. Gorm rynket øyebrynene og lurte på hva han drev med. Distré og vimsete hadde han alltid vært. Gorm lurte på hvordan i huleste han hadde klart seg på sjøen i så mange år uten å bli kastet til havs av kolleger som hadde blitt glemt, eller oppgaver han gjorde halvveis før han ble distrahert av noe. Et par måker maste rundt beina på ham. I det fjerne hørtes sirener. Are hadde endelig funnet ut hvilken lomme ringelyden kom fra. Han stod stille og så ned i telefonen. Skjønte han ikke hvordan han tok telefonen nå plutselig? Kunne det være så forbanna viktig nå? «Are.» Gorm ropte til ham fra hjørnet hvor han hadde stoppet. Are så opp og nikket mot ham før han tittet ned i telefonen igjen. «Are, kom deg

ut av veien. Jeg skal hjælpe deg med telefonen hvis det er så

forbanna komplisert.»

Så kom ambulansen i ekspressfart rundt hjørnet. Are så

ham inn i øya med et halvt smil, som så ut til å smelte av ham idet

ambulansen traff siden på ham. Føttene hans lettet fra bakken og

han rakk så vidt å vifte med armene, før han traff bakken nesten ti

meter bortenfor. Han løftet hodet av asfalten og så seg rundt med

et forvirret blikk. Gorm jogget mot ham. Flere sirener fylte lufta,

lyden var som tåke så tett at det ikke gikk å puste i den engang.

Sakte fløt en bloddråpe ut av Ares munnvik og han vridde hodet

et par ganger før han lot det synke ned til asfalten igjen. Gorm

gikk ned i knestående på fortauet ved siden av kameraten. Beina

ville ikke bære lengre. Da han la hånda på brystkassen til Are var

det ikke lenger noe bevegelse i den.

Hun var så sliten da hun kom fram til Eirin at hun knapt

kunne stå på beina. Da døren ble åpnet lente hun seg fram og

støttet hendene på knærne. Med et bekymret blikk dro Eirin

søsteren inn i gangen og etter noen andpustne ord fra Madelen,

sendte hun Tor ut for å betale taxien. Hun satte seg inntil henne i

sofaen, med armene tett om henne. Hun prøvde å forklare hva

som hadde skjedd, men fikk ikke ordene til å komme ut ett og ett

– det var som om de ville ut alle på en gang, så et usammenhengende sammensurium av Øystein, ydmykelsen, seieren og sinnet veltet ut og ble totalt uforståelig.

Eirin var fantastisk noen ganger. Selv om hun ikke skjønte konkret hvordan akkurat denne dagen hadde gått så fullstendig til helvete, forstod hun likevel. Myke ord og varme armer la et teppe av fred over Madelen og til slutt føltes det hele ikke lenger så vanvittig katastrofalt. Hvorfor lillesøsteren alltid var så pålitelig når Madelen falt sammen ville hun aldri forstå, tenkte hun. Men det var godt å ha et sted å rømme til.

«Hvil deg nå, kjære deg.» Stemmen hennes var full av krem og melis – myk, søt og uimotståelig. Ømt skubbet hun søsterens skulder ned så hun ble liggende i sofaen. Vakre, men spinkle hender strøk håret hennes forsiktig bakover og ut av ansiktet. Løsnet hårtjafser som hadde størknet fast i blodflekker i ansiktet, og klappet det bak øret hennes. All varmen truet med å smelte den tynne isveggen, som var alt som holdt følelsene i sjakk.

Hun pustet dypt. Stålsatte seg for å forklare hva som hadde skjedd. Sakte åpnet hun øynene og så rett inn i Eirins. «Stakkars søte du. Alt kommer til å gå bra,» fortsatte kremstemmen. Eirins perfekte tynne lepper smilte fulle av sympati, men det var ingen medfølelse å spore i øynene hennes.

De var slitne av å prøve å forstå. Munnen til Madelen lukket seg, dette var ikke rette tiden å fortelle noe som helst.

Lille, dumme Eirin, som alltid hadde vært en sånn klamp om foten da de var mindre. Dumme Eirin som det var så godt å ha pause fra annenhver helg som barn. Hun snoket i tingene til Madelen, spurte og grov om alt mulig privat. Ville låne tingene hennes og være sammen med henne hele tiden – som om det ikke var nok at hun hadde det perfekte forholdet til Mamma. De var alltid enige om alt mulig. De to mot Madelen. Derfor hadde hun tenkt på det som pause når Eirin var hos faren sin, etter at hennes egen hadde sluttet å komme for å hente henne. Først med Eirin borte, kunne hun stille moren spørsmål om faren sin. Om hun hadde vært forelska i ham. Om han hadde jobbet en gang. Om han hadde vært der da hun ble født. Sånne ting. Moren hadde fått et sånt trist uttrykk i ansiktet. Hun fikk dårlig samvittighet over det, følte seg slem som spurte – men hun klarte liksom ikke å la være likevel. De hadde vært veldig forelsket og veldig lykkelige, hadde moren sagt. Men det var så mye som gikk galt for ham og han taklet det så dårlig. Det var ikke før hun var tenåring at moren sa rett ut at han drakk hver eneste dag. Først hadde det vært fest og moro. Han hadde tilsynelatende kontroll. Han hadde startet eget postordrefirma. Vært kjempeflink selger og trodd han skulle tjene seg rik, før en eller annen boble sprakk på 80 tallet, folk handlet mindre og firmaet hadde gått dukken. Skattegjelden etter konkursen tok knekken på ham og han hadde gitt opp, sa moren. Gitt opp å prøve å ordne opp i noenting. Mot slutten av ekteskapet hadde han stuet all posten inni boden deres og moren visste ingenting om hvor ille det var før huset skulle tvangsselges. Da hadde det vært nok for henne, sa hun. Madelen hadde vært sint på henne for det. Ufattelig sint, og sinnet hadde aldri egentlig lagt seg. Derfor ble det så kleint mellom henne og moren. Og enda kleinere mellom henne og søsteren, som aldri hadde måttet se faren forsvinne og lure på når han kom igjen. Det virket så selvfølgelig for Eirin, at faren hentet henne. Madelen hadde alltid tenkt at søsteren hadde det så ufattelig mye lettere enn henne. Men hun hadde hatt en søster som behandlet henne som hun skulle vært en sykdom. Og likevel hadde Eirin vært der for henne.

Med ett var det som om Madelen åpnet et nytt sett med øyne. Denne jenta. Nei, denne kvinnen hun hadde kjent hele livet - hadde kjempet for å forstå Madelens utbrudd, sinne og frustrasjon helt fra de var små. Hun hadde aldri vært, som Madelen trodde, en teit lillesøster som fikk alt hun selv ikke fikk, som maste og gikk i veien. Hele tiden hadde Eirin føyet seg for å ikke terge henne, og hun hadde spurt og gravd kun for å forstå henne. Hadde støttet henne på alle disse irriterende små måtene som Madelen alltid hadde tolket feil.

Denne lille bøtteknotten som hadde alt, men likevel gnålte etter Madelen, hadde kanskje bare brydd seg om henne hele tiden. Så voksen hun hadde blitt. Mor, kone, sjef. Og fremdeles forsøkte hun å forstå og legge til rette så Madelen ikke skulle bli såret eller terget. Hun så uendelig tynnslitt ut. Så ut som hun hadde vandret gjennom hele Saharaørkenen med vann til Madelen uten å drikke en dråpe selv.

For første gang åpnet hun øynene nok til å se at Eirin led med henne, og hun skammet seg over å være en sånn tung byrde. Hun som trodde hun hadde vært den morsomme. Den avslappede av de to. Den som fikset alt på et vis, uten å forvente at ting skulle være så himla perfekt. Eirin ville alltid at alt skulle være perfekt. Hun ble stresset av den minste ting ute av plass, eller av å ligge bare noen få minutter etter planlagt tidsskjema. Hun var klampen om Eirins fot.

Isveggen brast da forståelsen traff henne som et tog uten bremser. Eller som en bombe. Hun gråt. Høylytt og grisete. Da Eirin la seg ved siden av henne, panne til panne, med armen tett rundt henne, spente hun seg. «Godeste du. Det ordner seg. Alt kommer til å bli helt bra.» Madelen hørte lettelse i stemmen hennes. Om det var fordi hun gråt eller fordi Eirin faktisk trodde det ville ordne seg visste hun ikke. En overveldende trang til å beskytte henne mot smerten av å ha en så håpløs søster, eller i det minste gjøre noe fint for henne, skylte over Madelen. Men hun lå her så hjelpeløs, og den begredelige vissheten om at hun ikke ville få til det heller grov huller i hjertet hennes.

Kapittel 7

Madelen frydet seg over det misbilligende blikket Stine sendte Karl mens han plukket på en flekk på sofaen hennes. Det var den samme sofaen hun hadde brukt nesten hele møbelbudsjettet på, da hun hadde flyttet hjemmefra. Det gikk enda et halvt år før hun hadde spart nok til å utstyre leiligheten med seng, bord eller skap. Hun måtte fortsatt smile når hun tenkte på hvor stolt Stine hadde vært av den. Hvit, med blomster i rødt og lilla. Det var mange år siden nå. Lenge siden den hadde vært noe særlig å være stolt av, slitt som den var i alle kanter og hjørner, og med flekker av mat og rødvin. Hun tenkte nok at denne rikmannsgutten aldri ville forstå den typen stolthet hun hadde følt over at den var hennes egen. Hun hadde sikkert rett i det.

Da Jørgen hadde sagt han ville ta med seg en kamerat hadde hun først sagt nei. Ingen han kjente kom til å komme overens med Stine, og dessuten hadde han lovet å holde for seg selv at han traff henne. Strengt tatt hadde han jo vært veldig påpasselig med å holde det hemmelig for familien sin og det var jo det som var det viktigste. Dessuten hadde han vært så bedende og søt, og det var vanskelig å si nei til. Det viste seg at kameraten var en de hadde truffet på puben før, da hun først hadde funnet

Jørgen. Madelen husket det ikke, men da hun ble med Stine på kjøkkenet for å hente glass hadde hun hvest, «Det er han jeg flørta med på den derre bula. Han du sa at var for ung for meg. Husker du det virkelig ikke?» Madelen ristet på hodet. «Men nå er han her og har med sjampis, så da er han vel ikke så verst likevel da?» gliste hun og blunket til Stine, som lo høyt. «Nei, da er han vel ikke det da.»

De så ut til å komme veldig godt overens. Litt for godt. Madelen skammet seg litt over å være så smålig, men det var noe trygt over å være to som stod sammen om å ikke være jålete og altfor godt vant til penger. Nå som Karl og Stine brått fant ut at de likte de samme bøkene og lo av de samme tingene var det som om hun var helt utenfor. Jørgen skjønte jo ingenting av det. Så Stines misnøye med at han pirket på sofaflekkene hennes var litt godt å se.

«Det der var et jævla spesielt bilde.» Jentene utvekslet et lattermildt blikk. Om Jørgen var litt sossete og forfinet i språket så var Karl ti ganger verre. Et sånt ord i den polerte munnen, måtte bety at han var i ferd med å overstige grensa for hvor mye sjampis det gikk i ham. «Jeg veit. Det er det beste jeg har, synes jeg,» svarte Stine, med overraskende stolthet i blikket. Madelen hevet et øyebryn, men sa ingenting. Da hun gav det til Stine hadde hun ledd og sagt at det var det sykeste hun hadde sett. Stine var glad i engler og sånt dill, så Madelen hadde malt en til henne.

Tradisjonell, klassisk skjønnhet, med lyse bølger i håret og enorme fjærkledde vinger. Men på sort, stjernekledd bakgrunn og dekket i blodflekker. Hun hadde vært spesielt stolt over det bloddryppende balltreet engelen holdt over skulderen, og det megetsigende blikket under et hevet øyebryn. «Bra veit jeg ikke. Men jævla spesielt.» Han tømte glasset og la ikke merke til at Stines lepper smalnet. Madelen lo igjen. Høyt og malplassert. Det var ikke så farlig. Stine hadde funnet veggplass til alle maleriene hun hadde fått av Madelen opp gjennom årene, inniblant kvasiromantiske slagord og fotografier av solnedgang. «Jævla spesielt,» var langt ifra det verste hun hadde hørt om maleriene sine uansett.

Det var varmt og lyst ute. Alt for varmt til starten av juni å være. Til tross for varmen holdt de seg i Stines stue. «Nå har alle klaget over kulda i månedsvis, gjennom hele våren og nå som det er sommer er det varmen de klager på. Jeg er bare glad til for at jeg får brukt båten min jeg,» skrøt Karl. 24 år og egen båt. Madelen himlet med øynene og Stine skrudde opp bordvifta enda ett hakk og klaget likevel. «Det går jo nesten ikke an å puste utendørs, så varmt som det har blitt. Synes det er skummelt jeg. Det skal jo ikke være sånn i Norge.» Madelen gliste. «Husker du hvordan vi heiet på klimaendringene for noen år siden?» Stine vrælte høyt og skjærende av latter. «Da vi var på deres alder,» fikk

hun så vidt ut gjennom hikstene. Gutta så påtatt fornærmet ut,

men ikke verre enn at det gikk an å få dem blide igjen ved å toppe

opp glassene deres.

Få timer senere var den hvite duken på stuebordet dekket

av glass, tomme sjampanje- og likørflasker, flekker og brukte

snusposer. Karl snorket høyt og de tre andre fniste seg tussete av

det. Stine unnskyldte seg høflig og gikk rolig på badet. Jørgen

skvatt da en tsunami av spylyder rallet gjennom leiligheten.

«Oisann, hun så jo ikke dårlig ut i det hele tatt,» utbrøt han, da

han landet i sofaen igjen. Madelen trakk på skuldrene. «Jaja, da

ser vi ikke mer til henne i kveld.» Jørgen nikket og så

ettertenksomt mot bordet. «Du har vært så stille i hele kveld. Er

du plutselig sjenert eller er det noe som plager deg?» Madelen

angret med en gang hun hadde sagt det. Om han trodde hun

brydde seg for mye kunne hun skremme ham vekk. I stedet så han

letta ut. «Det er bare …» Han så opp. Lette etter de rette ordene i

taket, så det ut til. «Faren min skal flytte ut. Tror du hadde rett i at

menn av den generasjonen bare er sånn. Virker ikke som han

angrer engang, han er skikkelig forbanna på Mamma.» Håret hans

var sammenfiltret og klissete av all guffa han brukte for å få det til

å ligge riktig, men hun forsøkte så godt hun kunne å pjuske ham i

håret likevel. «Det var skikkelig leit. Men det er sikkert bedre for dem at han flytter da. Blir bedre om en stund, mener jeg.» Hodet

hans landet tungt i fanget hennes, og på innsiden freste hun. Jeg

er ikke noen forbanna pute, tenkte hun. Fingrene fiklet likevel

fraværende i håret hans, før hun til slutt ikke orket lenger og ristet

ham i skulderen. «Kom.»

Hun reiste seg og gikk opp trappa. Han nølte en stund.

Det irriterte henne at han ikke kom etter med en gang.

Usikkerheten hennes levde og åndet for sånne øyeblikk. Den

kastet seg grådig over anledningen til å fortelle henne at han

sikkert ikke var interessert likevel. At hun var kjedelig og småfeit.

Dessuten var hun for gammel for ham, og han foretrakk

antageligvis veltrente jålekjærringer. Å dekke den til var noe av

det vanskeligste hun måtte gjøre, men heldigvis hadde hun lang

erfaring i faget. Skuldrene ned, hodet opp, tenkte hun. Hun lente

ryggen avslappet mot døra inn til Stines soverom. Lettelsen var

stor da hun hørte fottrinnene hans i trappa. Hun gav ham ikke

anledning til å si noe, før hun tok tak i ham og spant ham rundt.

Hendene hennes klorte seg rundt de brede skuldrene, trykket

ham inntil døra og kysset ham intenst. Hun lot hånda gli nedover

armen hans og trykke dørhåndtaket ned.

Med et stort glis dyttet hun ham forsiktig over

soveromsgulvet. Hendene hennes lå på brystkassa hans og han la

sine over hennes, mens han gikk baklengs. Han så ut som han

lette etter noe i øynene hennes. I tilfelle han skulle finne det, om han fikk se lenge nok, tok hun tak i halsen hans med tennene. Hun hadde tenkt til å dytte ham rett ned i senga. Heldigvis kikket hun kjapt den veien først. Lakenet var blodflekket. Stines forkjærlighet for kniver sluttet aldri å overraske henne. Denne sossegutten ville sikkert nekte å ligge i den dersom han så det. Derfor trakk hun hendene hans bak ryggen og holdt dem der med en hånd, så han ikke fikk snudd seg, mens hun trakk dyna over flekkene.

Han dro hendene ut av grepet hennes og trakk henne etter seg. Forsøkte å få henne til å legge seg på armen sin. Hånda hennes søkte etter beltespenna hans, men han tok tak i den og dro den opp igjen. Han kysset den og la den på kinnet sitt. «Jeg vil bare holde rundt deg i natt,» hvisket han. Øyenbrynene hennes rynket seg i forvirring, men hun sa ingenting. Noe i henne skrek at dette hadde fått gå for langt. At hun kom til å såre ham, eller noe langt verre. «Madelen.» Han så ut som han smakte på ordet. Gjentok det, mens han holdt henne hardt. Det var så ukomfortabelt å høre ham formelig elske med navnet. «Det er meg, vøtt,» sa hun kjekt. Det hjalp ingenting å prøve å spøke stemningen lettere. Han var dønn alvorlig. «Jeg vet det. Er du jenta mi nå?» Ordene traff henne hardt. Da hun forsøkte å svare ville ikke ordene ut og hun kremtet. Lenge lette hun etter de riktige ordene. Stillheten i rommet forsøkte å suge ord ut av henne. Panna hans glinset og det hørtes ut som han prøvde å holde pusten, for å ikke overdøve svaret hennes. Da ordene endelig løsnet fra halsen var stemmen hennes hes. «Ikke be meg love noe, Jørgen. Jeg er ikke noen enmannsdame. Dessuten er jeg så mye eldre enn deg.» Det sved i magen hennes først, så bredte det seg opp gjennom halsen og ubarmhjertig inn til øynene. «Men du elsker meg jo,» sa han. At han var så sikker, uten at hun noensinne hadde sagt noe om det, sjokkerte henne. Hvor sikker på omverden og medmennesker måtte ikke denne gutten være. Hvor sterk, eller innbilsk, måtte man ikke være for å hoppe direkte til en sånn konklusjon, uten å ha spurt engang. «Det har da ingenting med saken å gjøre.» Stemmen hennes var en tykk, seig masse som nesten ikke kunne presses gjennom munnen. «Og jeg elsker deg. Du vet vel det?» En klump i halsen hennes truet med å bli til gråt om hun snakket igjen, så hun lot være.

Hun strøk ham varsomt over kinnet og sukket. Skjeggstubbene hans var så deilige å ta på. Hun var ikke sikker på om hun hørte raspelyden, når fingrene danset seg over dem, eller om hun bare følte den. Alt ved ham – stemmen hans, måten han smilte når han så på henne, den åpne, naive måten han fortalte henne hva han tenkte på og mente, alt var så vakkert ved ham. Mot sin vilje ble hun tiltrukket av sårbarheten hans. Det var som hans ømhet og lengten smittet over på henne, og gav henne gåsehud.

Som barn hadde hun og Stine skremt hverandre med ekle spøkelseshistorier. I en av dem hadde en dame dødd fordi hun ble så skremt at blodet frøs til is i årene. Uansett hvor hardt hun prøvde kunne hun ikke komme på hva som hadde skremt henne sånn. Akkurat så skremt følte hun seg nå. Over seg selv og over ham. Hans naive kjærlighetserklæringer fikk henne vanligvis til å føle seg så avstumpet. De følelsene hadde dødd i henne for lenge siden og det var for sent å vekke dem igjen nå. Men noen ganger, når han så intenst på henne, når han viste så tydelig at han virkelig stolte på henne – var det nesten som om de kunne vekkes igjen. Han kunne legge hjertet sitt i hendene hennes og vite at det forble uskadd. Det skremte henne. Det var en følelse hun ikke lenger ønsket å ha for noen. Hun blunket raskt og la hodet sitt på skulderen hans. Til tross for at hun burde vite bedre, håpet hun at han ikke merket at den ble våt. Kanskje han merket det, men sa ingenting – han bare holdt tettere om henne og kysset pannen hennes.

Kapittel 8

«Hei. Har du ikke med fiskestang engang?» Gjermund
gliste og så Gorm opp og ned, gjennom det åpne vinduet i bilen.
Gorm svarte med høy hånlig latter. «Dere kan late som dere skal
på fisketur alt dere gidder. Jeg skal pilse, skåle for Are og varme
meg på et bål i skauen.» Han slang seg inn i baksetet og nikket til
Geir. Tor, en kar som hadde hengt med dem noen få måneder, og
som virkelig ikke passet inn som fast pubgjest, satt i
passasjersetet og strakte en rullings til Gjermund mens han
snudde seg. Skjegget delte seg i et vennlig smil og han håndhilste
på Gorm. Gorm tok hånden hans, men tenkte at han egentlig aldri
hadde likt ham. «Jeg skal faktisk fiske altså.» Han trengte ikke mer
enn et kort pust før han luktet at det ikke bare var tobakk gutta
hadde rullet seg. «Nei, faen sitter du og røyker MENS du kjører. Si
meg en ting, er du helt tett eller?» Gorm freste. Han brydde seg
ikke noe om hva andre folk dytta i kroppen, men å kjøre mens
man gjorde det var å be om bråk. «Tettere enn deg, hvertfall.» De
tre brølte av latter, til tross for at vitsen antagelig var eldre enn
mose. Ethvert halmstrå av humor for å lette den triste
stemningen ville bli tatt godt imot.

Han sukket da de endelig hadde parkert ved skauen bak
Oppsal, og han hadde åpnet bagasjerommet. Der lå to bager med

øl, en presenning de skulle lage gapahuk med, to sekker ved og en mengde poser med annet dilldall. Og så lenge alle de andre gutta hadde fiskeutstyr i tillegg, ville han måtte stå for langt mer bæring enn kroppen hans var i stand til lenger. Smertene i siden hadde gitt seg etter en dag, men vonde knær og fyllikhender var det verre med. På et vis fikk de likevel hjulpet hverandre med oppakkingen og la i vei. De trøstet seg med at bæringen ville være langt lettere på tilbaketuren, om ikke annet.

Ingen av dem var særlig snakkesalige på vei innover. De merket godt at de manglet en. Are hadde vært en liten og trivelig mann. Den som meglet hvis noen ble uvenner. Den som påtok seg både skyld og ansvar om det beholdt den gode stemningen, selv når det var urimelig. Og for Gorm hadde han vært den nærmeste vennen han hadde. Sånne som dem ble aldri godt tatt imot i begravelser, eller noen andre kirkeanledninger, så dette var avskjed på deres egen måte - på et vis Are ville kjent igjen.

I relativ stillhet fant de bestemmelsesstedet. Det hadde hendt at de dro ut hit bare fordi sommeren var fin og varm, eller de ville ha litt fred sammen. Men som regel var det fordi de hadde mistet noen, og ville mimre uten irriterende pubgjester hylende rundt seg. Gorm sukket tungt når han tenkte på hvor ofte de mistet noen. Vanligvis til leversjukdom eller kreft. Forbausende sjeldent til fylleulykker. Ares død hadde vært brå og spesiell. Han var en ganske rolig type. Ikke typen til å havne i teite ulykker, så det hele kjentes ekstra meningsløst og urettferdig. Det ble stillere enn vanlig rundt bålet den kvelden. Og mer fuktig.

Endelig kom regnet. Da hun hadde sett de grå skyene på vei hjem den morgenen hadde hun smilt og gledet seg. En sval, deilig vind hadde kjølt henne ned og gitt henne noe å nyte, så hun for en stakket stund glemte alle bekymringene fra kvelden før. Det hadde virket så lett i starten, å treffe Jørgen så hun kunne holde et øye med hva Øystein drev med. Disse ubehagelige følelsene for ham og sympatien for hvor forelska han hadde blitt var så uventa. Magen hennes verket og kalte henne en råtten svindler.

Vel hjemme forsøkte hun å male litt, men klarte ikke å finne fokus. En stund satt hun ved bordet og klinte sort og rødt utover lerretet, uten å ha noen plan for bildet. Beina hennes trommet takten til musikken som tøt ut av høyttalerne. Til slutt måtte hun reise seg og vandret hvileløst rundt i leiligheten. Det ble ikke noe greie på ryddinga hun forsøkte seg på heller.

Da hun endelig hørte de små bankene på vinduet, dro Madelen på seg gummistøvler og slang et sjal over skuldrene, før hun gikk ut. Hun gadd ikke engang å stanse foran speilet for å føle på hvor dum hun måtte se ut med krøllete, sort minikjole og grønne vikingstøvler. Tanken på det svalende regnet lokket, og hun ville ikke gå glipp av en dråpe om hun ikke måtte. Hun fikk det for seg at hun skulle gå i skogen, i stedet for i de vante bygatene. Et minne fra fjern fortid dukket opp og hun kastet seg inn på t-banen til Ulsrud. Et barnslig håp, om at stedene hun hadde besøkt med pappa ville være likedan som den gangen, gjorde henne lett til sinns.

Regnet kom i store, klaskende dråper. Hun hadde ikke engang rukket bort til stasjonen før sjalet og håret hennes var nesten gjennomvått. Av en eller annen grunn hadde hun sett for seg at det ville føles rensende og befriende, men der hun stod mellom setene, for å ikke gjøre dem søkkvåte, angret hun på at hun ikke hadde tenkt litt fremover. Dryppende og snufsende. Kledd som en sirkusklovn. Antageligvis var sminken hun ikke hadde ryddet fra i går, blitt smurt rundt øynene hennes. Sirkuspanda. Hun dro sjalet tettere om seg og forsøkte å unngå blikkene til andre reisende. Det ville sikkert føles bedre når hun kom fram. Kanskje ville det ikke være noen andre der, og hun ville føle seg som den gangen hun var liten og sammen med faren sin. De gangene hun traff ham var det aldri noe annet enn henne som opptok ham. Det kjentes så trygt.

Heldigvis husket hun veien fra stasjonen til skogen, selv om det var lenger enn hun hadde sett for seg. Hun hadde vært der noen ganger etter at hun ble voksen, men ikke til fots. For noen få år siden hadde hun vært sammen med en fyr som bodde her ute. Hun måtte smile når hun tenkte på ham, men så kom hun på krangelen de hadde hatt. Hva de hadde kranglet om kunne hun ikke lenger huske, men hun hadde stormet gråtende ut derfra og kjørt hjem. Et par timer senere hadde han sendt henne en iskald tekstmelding. Visstnok hadde hun ikke betydd noe for ham uansett. Alle tingene hun hadde glemt igjen der, skulle han sende i posten. Den pakka kom aldri fram og hun hadde ikke fått seg til å kontakte ham igjen for å spørre. Hun grøsset og skjøv tanken fra seg.

Hun kjente seg ikke igjen da hun kom fram til en rød bom foran en bred sti. Kunne hun ha husket så feil? Var det et annet sted? Full av tvil fortsatte hun forbi bommen og nedover en vei som minnet mer om en gjørmet bilvei enn de skogstiene hun husket. Til alt hell var hun i det minste alene. Skulle hun ha forholdt seg til hoderystende, fornuftig kledde folk uten sminke fra i går, oppå det hele, ville hun ikke ha holdt det ut. Dybden av fortvilelse over å ikke kjenne seg igjen overveldet henne. Lenge nærmest subbet hun innover skogen, mens hun forsøkte å ignorere kulden. Det gjorde så vondt inni henne. Hun kunne ikke huske å ha savnet faren sin etter at hun ble voksen. Hun hadde levd fint uten ham i mer enn 25 år, men nå verket hun etter å se ham igjen. Bare en siste gang. Høre stemmen hans. Latteren. Blikket som flakket over moren, før det gled over i et triumferende smil, idet døren lukket seg bak dem. Hun lurte på hvorfor han plutselig sluttet å hente henne. Kanskje burde hun ha forsøkt å kontakte ham, men det var uansett for sent nå – nå var han borte.

Hun satte seg ned på en diger stein og stirret framfor seg. Vannet så ut som en gedigen, fosskokende gryte. Det boblet og plasket i vann som ble kylt ned fra oven. Lyden minnet henne om kjøtt som stekte i panna. Hun lukket øynene og forsøkte å la lyden fylle hodet sitt. Håpet den kunne jage vekk angeren, men det hjalp ikke det minste. Det bare vokste i henne. Som hun ønsket at han var her med henne nå. Tårene lot seg ikke stoppe lenger. Skuldrene ristet og hun tørket nesa med sjalet. Følte seg som en slubbert, men gjorde det igjen likevel. Tro om han hadde vært flau hvis han visste hvor rotete livet hennes var nå. Ville hun kunnet fortelle ham om hvor lite fornuftig hun brukte livet sitt på? Om alt det rare hun gjorde for å holde tomheten på avstand? Antageligvis ikke. Tanken gjorde smerten skarpere og hun hulket.

Latter og rop, som bare med et nødskrik kunne overdøve regnet, fikk henne til å rette seg opp. Fort tørket hun ansiktet med sjalet, deretter igjen med den siden av sjalet hun ikke alt hadde brukt på nesa. Med all sin kraft holdt hun pusten igjen så den ikke skulle hvese og trekke oppmerksomhet til henne. De nærmet seg. Hun hørte dem prate og tøyse bak henne. Øynene hennes ble smale av forargelse, men hun snudde seg ikke. I sinne så hun opp mot de grå skyene. Så for seg at de skjulte de gudene, som nå lo av henne. Turte ikke tenke ferdig tanken på at hun, på en eller annen måte, burde vise dem at hun ikke lot seg herse med. De hadde tatt nok i løpet av alle disse vonde årene.

Ikke før hun var helt sikker på at de var borte reiste hun seg. Hun så nedover seg selv. Kjolen klistret seg til kroppen. Beina hadde gåsehud. Regnet dryppet sakte, men sikkert, inn i gummistøvlene og det surklet når hun beveget tærne inni dem. Hun gikk videre likevel, og følte seg som en trassig unge.

Med sammenbitte tenner prøvde hun å tvinge fram minner som ikke lenger var der. Veien delte seg og hun hadde ikke den ringeste anelse om det var høyre eller venstre hun skulle til. Skamrødmen hadde alt begynt å jobbe seg inn fra ørespissene. Alltid gjorde hun sånne ting. Kastet seg inn i alt mulig rart, uten å ha tenkt seg om et sekund. Hadde hun i det minste tatt med seg mobilen kunne hun ha sjekket kartet og vært sikker på å finne hjem igjen, men den hadde hun i iveren løpt fra. Hodet fullt av tanker om hvor befriende og rensende det ville være å gå regnsværstur i skogen og mimre, helt tomt for tanker om at hun på et tidspunkt ville bli nødt til å gå tilbake.

Full av tvil gikk hun til venstre. Føttene trampet hardt i bakken, så små brune flekker snart prydet beina hennes til langt oppetter lårene. Om hun bare hadde lært seg å tenke lengre fram. Livet hennes kunne vært så bra om hun bare ble litt mer ryddig. Det samme hadde hun sagt til psykologen sin, Aleksander, den gangen hun måtte gå i terapi. Han ville vite hva hun mente med ryddig. Ordene hadde ikke kommet til henne, og hun hadde blitt irritert. Alle måtte da skjønne hva hun mente med ryddig. Forutsigbart. Rolig. At hun følte seg sikker. Se nå kom ordene, ja, tenkte hun for seg selv. Men da hun kom på at han sikkert ville spurt hva hun mener med sikker forsvant det lille hintet av selvtilfredshet, like raskt som det hadde kommet.

Kanskje burde hun gå tilbake til Aleksander igjen. Få litt hjelp til å sortere livet sitt igjen. Kanskje slutte å drikke så ofte. Hun argumenterte fram og tilbake med seg selv. Han var jo forferdelig irriterende også da. Og kostbar. Dette måtte hun nok fikse opp i selv. Det ville hun klare. Hun skulle bare begynne å tenke litt lenger fram før hun tok avgjørelser. Hun følte seg dum da hun på automatikk nikket bekreftende til sine egne tanker.

Alt hun egentlig trengte var venner. Sånne ordentlige, som hun ikke hadde sex med. Stine var jo fantastisk og de hadde kjent hverandre alltid, men sånn som livet hennes vaklet nå trengte hun kanskje flere. Da hun hadde gått i maleklubben hadde det vært mange ryddige, ordentlige mennesker å snakke med, men hun var den eneste under 50. Det hadde føltes litt rart. Særlig fordi hun likte de aller fleste der så godt og hadde følt seg så hjemme med dem. Som om hun var gammel på innsiden. Men hun ble aldri invitert hjem til noen av dem, som de inviterte hverandre. Aleksander hadde lurt på om det ikke var andre malerklubber hun kunne gå i, men hun hadde sagt at det sikkert bare var eldre folk i de og. Han hadde kalt henne forutinntatt. Så hadde han latt henne slippe unna med å ikke svare noe på det.

Jørgen hadde masse venner. Han kom sikkert til å bli skikkelig ryddig og ordentlig når han ble eldre. Faren hans var stinn og kom nok til å hjelpe ham med å få kjøpt egen leilighet og holde orden på alt. Måtte være derfor han var så rolig og sikker på følelsene sine. Og hennes. Fordi han visste at alt kom til å ordne seg for ham. Folk kom til å være der for ham. Hun prøvde å kjenne etter om stikket i magen var fordi hun hadde dårlig samvittighet, eller fordi hun begynte å bli forelska i ham. «Nei.» Hun skvatt. Hun hadde ikke ment å si det høyt.

Hjertet hennes hamret. Tanken hadde skremt henne, men hun kom fram til at det måtte være fordi det ikke var sant. Følelser var flyktige. Det hadde de alltid vært. Hun kunne beholde ham en stund til, det ville ikke ha noe å si. Det var jo uansett bare for å holde et øye med Øystein, hun kom ikke til å bli avhengig av ham eller noe sånt. Hvis roen hans etter hvert smittet, kunne hun beholde ham ganske lenge. Bare ikke så lenge at han gikk lei. Eller sa noe til foreldrene sine.

Regnet hadde gitt seg. Bare ett og annet drypp fra trærne traff henne og minnet henne på hvor kald hun var. Hun ville snu, men det hadde begynt å mørkne alt. Hun tvilte på at hun ville klare å finne samme vei tilbake. Den brede stien hun hadde forsøkt å følge var blitt til en smal sti oppover en bakke. Hun så opp mot toppen. Grå ruiner stakk fram fra det grønne og brune.

Tårefylte øyne søkte igjen mot skyene, men uten å smalne denne gangen. Hånden hennes la seg på kinnet, akkurat slik pappa hadde lagt sin der for mange år siden. Det var her han hadde tatt henne med. Hun hadde funnet fram til et sted hun husket. Her hadde hun fått gå på ruinene, mens han holdt henne i hånden så hun ikke skulle falle. De hadde fantasert om en diger borg som stod her i middelalderen. Her hadde drager og prinsesser bodd. Store gullskatter var begravet under restene av borgen. Kanskje en dag ville en sann prinsesse gjenreise borgen og grave fram alt gullet. Pappa hadde sett så mystisk ut, og fått henne til å tro at det var henne. Føttene føltes lette nå. Med raske skritt var hun midt inne i borgen og så lengtende rundt seg.

Kulden var ikke lenger så nådeløs. De var mindre enn hun husket, men det føltes som en klisjé da hun tenkte det. De virket ikke fullt så gamle som hun hadde trodd den gangen heller. Selv om hun var lettet over å ha funnet et sted hun kjente igjen, som hun forbandt med pappa, følte hun ikke at han var tilstede. I fantasien sin hadde hun kunnet føle ham der de hadde hatt det fint sammen. Hun hadde ikke tenkt til å la skuffelsen overskygge den lille gleden hun kunne finne. Med litt anstrengelse kom hun seg opp på muren og balanserte bortover. Den var bred, og hun skjønte at pappas hånd hadde vært unødvendig selv da hun var liten.

Armene stod ut til hver sin side, og hun gikk sakte – på avstand må det ha sett ut som en balansekunstner på vei bortover en slak line. Hun forsøkte å se ut som et barn. Forsøkte å tvinge fram den samme følelsen hun hadde hatt i seg den gangen. Knærne fikk bøye seg uvørent og hun vaklet litt. Smøg seg sakte fremover. Det var ikke fritt for at hun følte seg litt teit. Hun så seg stjålent over skulderen. Det var ingen andre her. Hodet spant raskt fram igjen, og bevegelsen dyttet foten sidelengs i en flekk med våt mose. Hun vippet litt fra side til side, forsøkte å finne igjen balansen. Så klasket hele kroppen hennes i bakken så gjørma sprutet over de få flekkene hun hadde som var rene.

«Det der har du nok blitt for gammel til, ja,» brummet en grov stemme bak henne. Med et raskt rykk var hun oppe på beina igjen. Tre menn, gamle og gråere enn muren hun nettopp la igjen sin selvrespekt på, stod foran henne. Hun visste ikke hva hun skulle si, men mumlet fram et; «Ja.» Han som hadde pratet så henne opp og ned, mens han ristet på hodet. «Men ikke gammel nok til å kle deg etter været, ser jeg.» Hun dro sjalet tettere om seg og strøk håret ut av pannen. «Det var bedre vær da jeg gikk hjemmefra,» løy hun. «Men jeg har glemt veien ut igjen.» Hun følte seg patetisk da hun sa det. Inni seg kalte hun seg selv en forvokst drittunge, og de harde ordene fylte øynene hennes med tårer igjen, mens hun rettet ryggen og hevet hodet for å se ut som hun fremdeles hadde en anelse verdighet. «Hvor skal du?» Spurte en annen av dem. Stemmen hans var hes og lys. Det hørtes rart ut på en så bredbygd mann som han var. «Hvilken som helst t-bane. Bor i sentrum.» «Det er vel best vi kjører deg. Du fryser vel i hjel om vi lar deg bli her ute, sånn som du kler deg.»

Hun sa ikke et ord mer på turen gjennom skogen. En klump i halsen nektet å slippe, og alt hun kunne gjøre var å dilte etter og håpe minnet om denne kvelden ville forsvinne. De gamle hadde vært og fisket. De lo da de sa det, og selv om det sikkert kunne tolkes som om det var et skalkeskjul for noe de ville holde hemmelig, hadde hun følelsen av at det stemte og at de lo av alt, uansett. De hadde med fiskestenger og bøtter, men hadde ikke fått noen fisk. De hadde også med en bag som klunket av tom aluminium. Hun håpet hun aldri ble sammen noen mann som var

120

så underkuet at han gjemte seg i skauen for å få tatt noen øl med gutta.

Bilen var ren og velholdt, men langt ifra ny. Det hørtes ut som den hostet seg bortover veien, og den luktet av gamlehjem og urter. Da han som kjørte fikk adressen hennes bare nikket han, og trengte ikke å spørre henne hvilken retning han skulle kjøre en eneste gang. Hun tenkte at det var litt merkelig, men det ville vært utakknemlig å spørre. Han hadde tross alt bare plukket henne opp i skauen, kald og tynnkledd, og kjørte henne hjem uten videre. Dessuten luktet han øl, og hun var redd for at det ville være for mye å fokusere både på kjøring og å forklare hvorfor han visste veien samtidig. Kanskje han hadde vært sjåfør da han var ung nok til å jobbe. Eller kanskje han tilfeldigvis hadde rukket å bli godt kjent i sentrum, han så jo ut til å være nærmere nitti – tenkte hun for seg selv. Da de kom fram spurte hun om hun ikke skulle løpe opp etter bensinpenger til ham. Sjåføren så bare dumt på henne og de andre lo av det også. Merkelige typer, tenkte hun, mens hun gikk opp trappene i oppgangen. Innen hun satt på gulvet i en varm dusj var de alt glemt.

«Det er Gjermund som har bilen, da er det han som må dra for å kjøpe mer øl.» Mørket hadde lagt seg over vannet og de hadde for lengst sluttet å kaste fiskesnørene ut, med håp om at det ikke ville være noe fisk å dra på denne gangen heller. Det var bare en halv bag øl igjen og diskusjonen hadde først dreid seg om hvem av dem som var mest kapabel til å kjøre, før Geir hadde tatt opp det urimelige i dette. Det måtte jo være den som hadde drukket mest som hadde skylden i at de nærmet seg tomt, og følgelig måtte være den som dro ut etter mer. Dette ble de enige om at var god og rettferdig logikk.

«Nei, hællemø – se på hu der da.» Alle snudde seg mot muren noen titalls meter fra gapahuken deres. En lettkledd dame stod i midten av ruinene, som hadde vært et herskapshus for hundre år siden eller så. Hun gjorde en piruett, før hun gikk sakte langs muren med et drømmende uttrykk i ansiktet. Kjolen hennes var våt og de formelig siklet på den veldreide kroppen. Forundret satt de og glodde mens hun klatret opp på muren, og lot som hun måtte balansere bortover som et barn. «Må være en av disse Emoungene som aldri kom seg videre fra barndommen sin,» sa Tor avfeiende, og grov i bagen etter en ny øl. «Å neida, det der er et kjent ansikt. Ser du det, Gorm?» Geir så forventningsfullt mot Gorm, men han hadde reist seg opp og snudd seg mot vannet. Han ville helst ikke se noe som helst. «Gorm! Det er dattera di. Det må være et tegn. Gå bort til henne nå.» Han bare gryntet og snudde seg ikke. «Du er klar over at du straffer henne for noe hun sa når hun var snørrvalp? Husker så jævlig godt den dagen du kom inn på puben etter at hun hadde sagt det. Sa jeg det ikke til deg, Gorm? At du måtte tilbake til henne så fort som mulig så, det ikke skulle bli ødelagt for alltid. Nå har du sjansen.» Gorm ristet på hodet og snudde seg til Geir. «Du må gå ut og få kjørt henne hjem. Eller på legevakta hvis det er så ille med jenta som det ser ut nå.» Det siste hvisket han så bare Geir skulle høre det. «Jeg kan ikke kjøre bil nå.» «Jeg stoler ikke på noen av dere andre jævler aleine med henne i hvertfall. Veit jo faen ikke hva for noe bøll dere svina finner på.» De lo og sa seg enige i det. Til slutt sukka Gjermund og dro seg i håret. «Greit, så går vi alle tre da. Så får vi ordna mer øl i samme slengen.»

Etterpå satt Gorm igjen aleine og stirret inn i flammene. En stund tenkte han på å kaste seg inn i dem. Så avfeide han det som teit. På et vis skulle han ønske han hadde latt gutta overtale ham til å være den som gikk ut til henne. Men etter det han hadde gjort, ville hun antageligvis ikke blitt med ham. Hun ville aldri forstått hvorfor han hadde gjort som han hadde gjort.

Legen hadde sagt at han sang på siste verset for noen måneder siden. «Vi kan ikke gjøre mer for deg,» hadde de sagt. Så hadde de lagt ham inn på sjukehuset og ikke fått gjort annet enn å gi ham smertestillende og dulle med ham i ukevis. Aldri ble det slutt. Han hadde ventet og ventet. Han begynte å vurdere å ende det hele sjøl. Hadde han vært i stand til å stå opp, ville han ha

123

rappa en flaske med morfin og endt hele greia. Eirin hadde fått
nyss om det. Hvordan hadde han aldri fått svar på. Kanskje en av
gutta hadde fått fatt i nummeret hennes og ringt henne. Uansett
hadde hun dukka opp på sjukehuset, full av omsorg og smerte for
ham. Hun hadde grått og bedt om å få lov å fortelle det til søstera
si. Om ikke hun fikk en far fortjente hun vel i alle fall muligheten
til å si farvel til han som kunne vært det, hadde Eirin så dramatisk
sagt. «Skjønne, snille Eirin.» Hun hadde fått ham til å smile for
første gang på ukevis, med sin rene, gode medfølelse. «Jeg
skjønner ikke hvorfor du gidder å stå på sånn for meg. Helt siden
du ble gammal nok til å kjøre bil har du dulla for meg. Hvorfor
det? Hva med å bruke tiden på din egen far i stedet?» «Å, han
besøker jeg titt og ofte. Men han trenger meg ikke sånn som du
gjør. Noen må jo holde liv i deg i tilfelle Madelen ombestemmer
seg. Hun trenger deg, vet du. Selv om du ikke tror på det. Jeg
håper du ringer henne.» Han hadde ristet på hodet. Lett etter
ordene, mens tårene trilla. Eirin hadde blitt stresset av det. Han
var ikke typen til å grine. Hadde ikke vært det i alle fall. Nå for
tiden var det som om kroppen krevde at han tok igjen det tapte.
«Hun vil ikke det, Eirin. Jeg var ikke mye til far for henne, den
gangen hun trengte en. Det er for seint nå.» Sannheten var at han
hadde vært livredd. Han sang på siste verset, og håpet om at hun
en dag ville kontakte ham hadde vært lyspunktet i livet hans.

Uansett hvor jævlig alt annet var, så hadde han hatt håpet å klynge seg til. Gjorde hun det så skulle han ta seg sammen, og leve et straight og normalt liv. Uten all den drikkinga og surringa. Kanskje skaffe en vanlig jobb og betale skatt. Men dukka hun opp på dødsleiet hans ville hun bare se den samme forbanna taperen som hadde såra henne så dypt for mange år siden. Det orka han ikke å være en gang til. Det var da han hadde fått ideen. «Jeg vil ikke at hun skal se meg sånn, Eirin. Jeg har fått dommen. Det er kort tid igjen. Du kan si til henne at jeg er dau alt, så slipper vi å tenke mere på det.» Fy så sint hun ble. Å juge for søstera ble aldri aktuelt, sa hun. Da han spurte henne om hun fortalte at hun kom hjem til ham for å vaske huset og fylle kjøleskapet, ble hun taus. Til slutt hadde hun gått med på å si det. Det var tross alt en døende manns siste ønske.

Dagen etter hadde han vært bedre. Ingen skjønte noe av det på sjukehuset. De hadde klødd seg i hodene, tatt hundrevis av prøver og beholdt ham der i flere dager, uten å finne noen årsak. Han takket gud den kvelden. En gud han ikke trodde på. Men den kvelden trodde han. Så hadde han kommet på hvilken katastrofe han hadde satt i gang. Han prøvde å ringe Eirin flere ganger, i håp om å rekke å stoppe henne, men hun var ikke tilgjengelig. Det tok noen dager før han kom gjennom, og da hadde gubben hennes tatt telefonen. Hun kunne ikke snakke, sa han. Søstera var der og ingen andre fikk snakke med noen av dem nå. Så var håpet vekk, lett som bare det. Gudene hadde nok ikke vært på hans side likevel. Han hadde tatt det stinkende agnet og kasta vekk siste rest av håp. Ikke akkurat noe å takke for.

Han brølte av sin egen dumhet og kasta en pinne på flammene. Nå måtte vel gutta snart være tilbake med mer øl, vel?

Kapittel 9

«Et par timer å avse i kveld, min lille tøs?» Hånda til Madelen klasket over skjermen, nesten før hjertet hadde truffet halsen. Den forbannede rødmen begynte å brenne øverst på ørene og hun svelget tungt, som om det kunne hindre den i å bre seg over kinnene hennes. Øystein satt rett bortenfor, men med Helene imellom var det nok ikke rare sjansen for at noen av de to enset annet enn henne. Hun kvalte et smil og la telefonen sakte i lommen, for å kunne ta den med på do og svare senere. Det kom definitivt til å bli en bra kveld.

Noen timer senere stod hun utenfor blokka med hamrende hjerte. Det hadde knapt nok vært et eneste rent klesplagg i skapet hennes, og hun håpet til høyere makter at han ikke ville merke noe til at Bhen var dratt ut av skittentøyskurven. Så lenge hun hadde halsbåndet hans på seg og den rette innstillingen, kunne hun egentlig ikke forestille seg at han skulle bry seg, men uforutsigbarheten hans kunne få det til å gå kaldt nedover ryggen hennes. Problemet var at den samme uforutsigbarheten også gjorde henne varm mellom bena, så å si nei var ikke noe alternativ.

Hun stirret i vannpytten framfor seg. Vinden lagde små krusninger over vannet og hun så for seg at hun stirret ut over

havet. Stor som en av gudene så hun passivt på at en barnål –
som nå vikarierte som båt – ble kastet opp og ned i det som ville
vært store bølger på det ville havet. Bare halvt forsøkte hun å late
som hun vurderte å redde den. Naturligvis visste hun at hun ville
la den synke. Ørsmå båter med ubetydelige små mennesker på
ville ikke spille rare rollen i en guds liv. Så plukket hun opp
telefonen og sjekket klokken. 20 minutter over tiden. Det hadde
kommet inn en melding fra Jørgen. Hjertet slo en kollbøtte og en
slags kald glede klemte oppover halsen. Men hun tok ikke sjansen
på å lese den i tilfelle han kom.

   Å ringe og etterspørre ham hadde hun brutalt lært forrige
gang at ikke var aktuelt. Den dumpe smerten fra pisken hadde
gått over i sviende slag av sinne. Han hadde ikke hørt henne, da
hun ropte ordet som skulle stoppet leken. Slagene skulle være
kontroll, dominans og litt smerte - men den gangen hadde de
kommet fra aggresjon. Uforutsigbar, ja – men ute av kontroll,
aldri. Det var den eneste gangen hun virkelig hadde vært redd
ham. Tilliten hun fram til da hadde kjent hadde rent ut med
tårene han ikke enset, og resten av leken hadde blitt spolert.
Sexen etterpå hadde blitt mekanisk og hun måtte til og med fake
smerten av for stramme tau. Etterpå hadde han vært skuffet over
henne. Hun kunne se det i ansiktet hans. Det hadde ikke vært
spor av det sedvanlige glimtet i øynene hans og han hadde ikke

holdt henne, strøket henne mykt over håret og kaldt henne sterk eller flink før han kjørte henne hjem. Det pleide han å gjøre. Nesten som en slags kjærlighet. Det var mange uker siden nå og hun hadde ikke hørt fra ham siden. Før nå.

Plutselig spydde havet opp mot himmelen og en skitten tsunami fuktet skoene hennes. Han var her.

Med påtatt rak rygg og høyt hode satte hun seg, med stor konsentrasjon, inn i bilen. Ingen lett oppgave med 15 cm hæler og et skjørt som hindret henne i å skille knærne. Likevel; å bevare verdigheten fram til han fysisk tok den fra henne var verdt anstrengelsen. Hun så på ham med stivt blikk og et ansikt hun selv mente ikke fortrakk en mine. Han besvarte blikket og så henne deretter ned og opp. Alle krefter hun hadde sendte hun ned armene og knyttet nevene. Ikke rette håret. Ikke dra ned skjørtet. Hvis hun fiklet kunne han finne på å fike til henne igjen. Han bestemte seg tydeligvis for at hun var godkjent. Denne gangen også. Et stort smil nærmest delte ansiktet hans i to før han kysset henne ømt.

På vei til leiligheten pratet de lett om nyhetene, om bøker de hadde lest og hvilken musikk de for øyeblikket lot seg irritere av. Aldri om personlige ting eller følelser. Aldri om jobben. Hvordan det hadde blitt slik visste hun ikke. Hun hadde forsøkt et par ganger, men det hadde bare blitt tullprat av det. Selv om det kunne irritere henne var det også noe av det som gjorde ham spennende. Aldri hadde hun kjent noen så lenge og likevel visst så lite om dem. Mellomgulvet hennes sitret.

Hun ble sittende til han åpnet bildøren for henne, da bilen var parkert utenfor leiligheten han kalte sin. Selv om hun visste at ingen bodde der. En gang han hadde sovnet hadde hun åpnet kjøkkenskapene for å ta seg et glass vann. Det hadde ikke vært noe inni noen av dem. I et anfall av nysgjerrighet hadde hun også åpnet klesskapet. Der var det bare utstyr. En tung kjetting på nederste hylle, en kolleksjon av dildoer i avskrekkende størrelser, tynne stokker side om side langs skapveggen der det vanligvis ville hengt skjorter ... sånne ting. Såpeflasken i dusjen var nærmest grodd fast. Hun hadde lurt på om han tok med andre damer dit også. Hun hadde ikke turt å spørre. Dessuten var hun klar over at hun ikke var stort bedre selv.

Til sin forundring konstaterte hun at det stod en flaske vin på kjøkkenbenken da hun kom inn. Ett glass. Kanskje han hadde flyttet inn likevel? Da han hadde satt skoene møysommelig under stumtjeneren og hengt fra seg jakken tok han av hennes. Hun visste hva som var forventet av henne og stod stille i gangen til han ba henne om noe annet. Rolig på utsiden, vill av spenning på innsiden. Han tok hånden hennes og ledet henne inn i stua – gjorde tegn til at hun skulle sette seg i sofaen. Korsettet hennes var trangt. Det presset og gjorde det vanskelig å puste når hun satt på de myke putene. Han forsvant og kom tilbake med et fullt vinglass som han satte foran henne. Naturligvis, han skulle jo kjøre henne hjem etterpå.

Mens hun drakk sakte satt han i en lenestol rett ovenfor henne. Stillheten var lang og pinefull for henne, men han så helt avslappet ut. Blikket hvilte rolig på ansiktet hennes. Uten å kunne stoppe det lot hun blikket sitt flakke fra ham, til glasset på bordet og oppetter veggene. De var stort sett bare. Ett abstrakt kunstverk på en vegg. Det var den eneste dekorasjonen. Ellers var det kroker og beslag til å feste kjetting på i tak og vegger. Varme sank fra hjertet til skrittet når hun så på dem.

Endelig snakket han. «Jeg beklager det som skjedde sist.» Hun åpnet munnen for å si at det var greit og at de bare skulle glemme det. Han løftet hånden og det iskalde blikket hans fikk henne til å lukke den igjen. «Som sagt, jeg beklager at jeg gikk for langt. Jeg visste ikke om du ville møte meg igjen, men jeg ønsker ikke å avslutte ...» Han dro litt på ordene, og med et skjevt smil fortsatte han. «Vårt spill.» Aha, tenkte hun. Vinen var for å få henne til å glemme frykten hun hadde følt og hun var fremdeles, på deres eget sære og fremfor alt sporadiske sett, hans.

Igjen forsøkte hun å svare. «Nei, du trenger ikke å si noe. Du er her og det er svar nok,» sa han, idet han reiste seg og tok vinglasset hennes ut på kjøkkenet igjen. I mellomtiden slet hun seg opp av sofaen og stilte seg forventningsfullt midt på stuegulvet. Glimtet i øyet hans, og det halve smilet, var tilbake da han stilte seg foran henne. «Ned,» kommanderte han. Knærne hennes dunket i gulvet. En stor, grov hånd åpnet beltespennen, mens den andre hvilte på hodet hennes. Han var allerede hard da leppene hennes fant pikken hans. Sakte lot hun den gli inn i munnen og ut igjen for å slikke ham lekent på hodet. Før hun hadde tenkt på å holde en beskyttende hånd ved roten av skaftet, hadde hånden hans tatt et kraftig tak i håret hennes og dyttet seg grådig så langt inn som mulig. Hun svelget febrilsk for å holde brekningene nede, mens hjernen tømtes for alle tanker om verden utenfor. Akkurat her, akkurat nå fantes bare den harde, varme tryggheten av å overgi kontrollen fullstendig til dette fyrtårn av autoritet.

Hånda hans løsnet sakte grepet om håret og strøk henne et par ganger i stedet, mens han brummet. «Nok.» Motvillig slapp hun den ut og tørket haka med håndbaken. «Reis deg.» Han gikk rundt henne og gransket henne med mistenksomt blikk. «Nå, har du vært en flink tøs mens Pappa har vært borte?» Hun grøsset når han kalte seg Pappa. Hun tenkte på å spytte ham i øyet og gå. Munnen hennes sa; «Ja, mester.» Et klask over rumpa hennes ljomet gjennom leiligheten og gav gjenlyd fra de nakne veggene.

«Ikke tro du kan lure meg, din lille tøs. Du har pult andre, du. Du er så kåt at du aldri i verden ville ventet tålmodig på meg.» Nytt klask. Bena ble matte og hun fikk en intens trang til å ta seg i skrittet. «Nei, mester» «Hore.» Nytt klask.

Endelig løsnet han hempen og glidelåsen på skjørtet hennes. Dro det sakte av henne og lot tungen gli oppover låret hennes. «Ingen truse,» konstaterte han. «Flink pike.» Han brettet skjørtet hennes pent og la det på sofaen. Forakten steg i henne igjen. Jævla petimeter. Med en rask håndbevegelse presset han beina hennes fra hverandre. En finger gled opp i henne og hun pustet tungt av forventning. Han så henne rett i øynene. Hans var lyseblå. Ansiktet var rolig, ikke uvennlig, men vant til å bli adlydd. Rundt øynene hadde han små rynker, men ellers glatt for alderen. Alltid glattbarbert og nesten ubevegelig. En tydelig mann av få ord.

Han gikk bak henne og da hun hørte metallisk klirring rett over hodet sitt stønnet hun. «Opp,» sa han, og lydig hevet hun først en arm, også den neste. Kaldt jern strammet seg om håndleddene hennes. Mens hun stod slik, lenket til taket og naken på underkroppen gikk han inn på soverommet. Armene hennes fikk gåsehud og hun strevde med å bli kvitt smilet over hva hun visste kom nå. Den eneste overraskelsen ville være hvilken stokk han valgte i dag. Eller hvilke stokker.

«Smiler du fordi du tror du har lurt meg?» Spurte han kaldt. Hun forbannet seg selv for å ikke ha hatt kontroll nok til å bli kvitt smilet i tide. Et rapp over hofta fikk henne til å klynke. Han begynte vanligvis mildere. Roligere. Ikke før huden var blitt varm og rød ville han slått så hardt. Da ville slagene føles en anelse mindre vonde. Skamrødmen begynte å brenne på toppen av ørene hennes. Hun hadde irritert ham. «Nei, mester.» Han gikk rundt henne igjen. Slo lett over baken hennes et par ganger. Lettet slapp hun bitetaket i leppene sine.

Med raske, vante bevegelser løsnet han hempene på korsettet hennes. Det var han som hadde kjøpt det til henne. Sendt det til henne i posten. Hun hadde syntes at det var en kald, upersonlig måte å gi en gave. Det hadde fulgt med et kort med roser på. Sterilt og intetsigende. «Til M. I anledning ditt to års jubileum. Erik.» Det tok nesten en times studering av loggen deres, fra nettsiden hun hadde funnet ham på, før hun fant ut hva han mente. To år siden første gang de hadde møttes. Ditt to års jubileum, som om det var noe å gratulere henne for. Hadde ikke han også møtt henne?

Der og da tenkte hun at dette kanskje skulle være siste gangen hun sa ja til å treffe ham. Så tok en sterk hånd tak foran på bhen hennes og rev den av med ett enkelt rykk. og hun var solgt igjen. Noe varmt rant nedover ryggen hennes, og hun stønnet igjen mens han, uten et ord, slo henne over lårene og baken med stokken. Stadig hardere – stadig raskere. Hendene hennes grep kjettingen hun var lenket til taket med og holdt hardt fast, mens hun nøt og hatet den velkjente følelsen. Tankene hennes fulgte det varme som rant fra huden der bhen hadde sittet. Den nådde baken hennes. Da stokken traff den gjorde splattet henne svimmel. Hun holdt øynene lukket for å ikke se de lyserøde dråpene hun antok ble sprayet utover gulvet.

Hun var lettet da hun hørte stokken falle til gulvet bak henne og han gikk nærmere. Grep brystene hennes og presset henne inntil seg. Tennene hans sank inn i halsen hennes og hun bøyde hodet til siden for å innby ham til å fortsette. Den ene hånda slapp taket og hun kjente at han fisket i buksa etter pikken sin. Lot den gli fram og tilbake over skrittet hennes. Utålmodig presset hun baken mot ham. Da slapp han henne.

Kjettingen ble løsnet fra håndleddene og i stedet bant han armene bak ryggen hennes med et tau. Halsbåndet strammet da han dro i det for å flytte henne til soverommet. Blandingen av ydmykelse, kåthet og forventning fikk blodet til å bruse i henne mens hun lot seg dra etter ham. De blandede følelsene gjorde henne omtåket. Derfor rakk hun ikke å protestere da han dyttet en ball inn i munnen på henne. Den var festet til lærreimer som han strammet bak hodet hennes.

Å bli kneblet på denne måten, og få munnen tvunget åpen følte hun at ikke var en del av avtalen. Alt det andre hadde han advart henne om på forhånd. Gitt henne et valg, latt henne gå tilbake på valgene hun ikke hadde likt. Som pisken. Hun grøsset fremdeles av tanken på pisken med massevis av tynne, stive tråder – det hadde vært for vondt og han hadde blitt nødt til å kjøre henne hjem før de var ferdige. Hun følte seg snytt over å ikke ha fått prøve gagen først og bestemme.

Skuldrene hennes ble grepet hardt og hun ble slengt ned i sengen med ansiktet først. Med stramt grep om overarmene hennes justerte han henne så hun lå over kanten, med leggene på gulvet og overkroppen i senga. Han kledde ikke av seg engang, hun kunne kjenne skjorta hans i veien mens han knullet henne. Med visshet om at hun uansett ikke klarte å protestere forsøkte hun å slappe av. Fremdeles hadde hun ikke ligget med ham en eneste gang uten å komme. Han visste hvordan hun likte det og selv om han var vel intens i dag ville hun ikke avslutte kvelden før hun var ferdig.

De bundede hendene hennes må ha vært i veien for ham. Han holdt i tauet og skjøv dem stadig lenger opp. Hun snudde på hodet for å gi ham tegn om at hun ikke likte det, men han la den andre hånda på hodet hennes og presset det ned. Med all sin kraft forsøkte hun å vri seg. Det var som om han var blind og døv,

136

og bare pumpet i vei uten tanke for henne i det hele tatt. Hendene hennes gled enda lenger opp og mot den høyre skulderen hennes. Venstre overarm verket intenst. Frykten tok et klamt grep om brystet hennes og hun skrek mot ham – så langt det lot seg gjøre med ballen i munnen. Han enset det ikke og det skremte henne at det gjorde henne enda mer tent. Med baken dyttet hun derfor imot i takt med ham, selv om hun skjønte at hun måtte få stoppet ham. Det var som om hun ikke kunne styre det i det hele tatt.

Hun skrek og stønnet om hverandre og tenkte at det måtte forvirre ham, om han hadde vært tilstedeværende nok til å ense noe hun gjorde nå. Da den verkende advarselen i overarmen kulminerte i et merkbart kvalmende knekk og en smerte som både iset og brant på en gang, måtte hjernen hans ha smelt tilbake til virkeligheten. Han sluttet å pumpe, men likevel dunket og pulserte fitta hennes mens hun hylte så intenst at hun trodde hun skulle besvime. Håpet om at han ikke merket at hun kom da armen hennes brakk svant da han rygget unna, fremdeles på knærne. «Fy Faen. Psyko.»

Det ellers så rolige ansiktet så panisk ut. Blikket vekslet fra ansiktet til armen hennes og han viste ingen tegn til å forstå at han måtte hjelpe henne. Tårene strømmet av henne og hun løftet overkroppen. Hun ristet hardt på hodet for å, gjennom sin hysteriske frykt, å få ham til å løsne reima rundt hodet. Endelig

skjønte han det, men skalv og fomlet. Redselen begynte å gå over

i sinne. Hun følte seg svindlet – hun hadde stolt på ham og nå som

det hadde gått skeis oppførte han seg som om han ikke hadde

kontroll på noe som helst. Han brukte en evighet på å få løsnet

gagen. Hun ville bite ham. Hvordan i helvete kunne han komme

på å bruke leketøy på henne som han ikke hadde kontroll over?

Da hun hadde fått igjen kontrollen over munnen sin forsøkte hun

å kommandere ham, like myndig som han hadde kommandert

henne, til å ringe etter en ambulanse.

     Uten et ord ristet han på hodet. Han hyperventilerte og så

forvirret ut. Hver eneste bevegelse hun forsøkte seg på gjorde

smertene sterkere. Det ringte i ørene hennes og svartnet for

øynene. Fullstendig klar over at hun var i ferd med å besvime

gjorde hun en mental kraftanstrengelse for å ta tilbake kontrollen

over pusten. All hylingen gjorde at hun ikke fikk puste ordentlig og

hun tenkte forbausende klart at hun måtte puste dypere og

saktere. Det var det siste hun husket før hun våknet på sykehuset

med et forklaringsproblem.

Kapittel 10

«Unnskyld, frøken, hvor finner jeg Madelen Hansens rom?» Han var nervøs og fiklet med skjorteknappene sine. Eirin hadde sagt at hun var bevisstløs, så det skulle være rimelig trygt – men man kunne aldri vite. Dessuten følte han seg så utilpass på sånne steder. Som om alle andre var glupere, bedre kledd og alltid visste hva de skulle si. I motsetning til ham. Han hadde dusja, strøket skjorta og tatt på seg de minst utslitte skoene for anledningen, men følte seg likevel som en boms. Lukten minnet ham på sist han lå på sykehus. Frykten for å møte døden aleine hadde nærmest lamslått ham. Det eneste som var mer skremmende var frykten for at noen som brydde seg om han skulle se ham så svak.

Sykepleieren smilte, og ville vite om han var familie. «Tja.» Han dro på det. Lurte på om han skulle ta sjansen. Det kom og gikk folk her hele tiden. Hun ville antageligvis ikke huske ham når Madelen våknet. Å komme helt hit uten å få sett på henne ville vært så bortkastet. Han stakk hendene i lommene og klemte den ene hardt rundt nøkkelknippet som lå der. «Jeg er faren hennes.» Han angret med en gang ordene var ute. Hun gjorde ikke noe mer ut av det, og viste ham til rommet hennes.

Eirin satt der inne og måpte da hun så ham. «Ikke se ut som du har sett et spøkelse nå, det var du som ringte meg,» sa han, med et glis som var langt større enn han følte seg. «Joda, men du sa jo at du ikke kom.» «Men nå er jeg her.» Hun reiste seg og gikk mot døra. «Hvor skal du?» spurte han panisk. «La deg være litt aleine med henne.» «Men tenk om hun våkner? Dessuten sa du ikke hva som har skjedd med henne. Jeg burde få vite det.» Eirin ristet sakte på hodet. «Det er det ingen som vet. Hun ble funnet da politiet ble oppringt på grunn av noe skriking. Da var hun bevisstløs.» At hun også var naken og bakbundet ville hun ikke fortelle ham. Ikke før hun visste hvordan det hadde seg, for hun hadde en mistanke om at det ikke var den type historie Madelen ville fortalt faren sin, om hun hadde fortalt ham noe som helst. Så sveipet hun ut døra før han fikk spurt om noe mer.

Han satte seg i stolen Eirin nettopp hadde sittet i og satt taus å så på henne en stund. Hun var faen så vakker. Det hadde hun fra moren sin. Men hun rota seg borti mye rart. Det måtte være fra ham. Han sank litt sammen i skam da han innså det. Med en dirrende hånd grep han hennes. Det var så ubeskrivelig godt å være nær henne. Varmen fra henne kjentes som den krøp fra hånda hennes og rett inn i hjertet hans. En tåre unnslapp øyet hans og han tørket den raskt. «Kjære, elskede, nydelige jenta mi,» hvisket han. Det føltes så godt å si de ordene. Han gjentok dem.

«Jenta mi.» Inni ham kjempet trangen til å holde henne tett inntil seg, mot frykten for å vekke henne. Da hun var liten hadde hun vært så kosete. Hver gang hun så ham dukke opp i døråpningen hadde hun kommet løpende og kastet seg rundt halsen hans. Hun hadde smilt støtt og krevd kos på begge kinn før han fikk gå, når han leverte henne tilbake til mora. Alle årene uten å så mye som stryke henne over håret hadde ikke herdet ham, men gjort ham mykere. Mer sårbar. Det hadde vært så vondt. Og nå som han satt rett ved siden av det forsvant ikke smerten, men blandet seg med den gode følelsen. Han gråt en stund. Stille, så han ikke skulle vekke henne. «Jeg er så lei meg for det. For alt sammen. Jeg skulle ikke ha forsvunnet fra livet ditt. Det var feigt å la deg bestemme det.»

Stemmer snakket sammen utenfor døra. Hjertet hoppet opp i halsen på ham. Først så han mot vinduet, men de var i fjerde etasje så det ville blitt så dumt. Han reiste seg, gikk mot døra og snudde seg igjen. Han klarte ikke å motstå. Bare en siste gang, for gamle dagers skyld, sa han til seg selv, før han lente seg fram og kysset panna hennes. Den var varm. Hun luktet kirsebær og svette. Det var det mest vidunderlige han noen gang hadde luktet. «Jeg er glad i deg,» hvisket han tett inntil øret hennes, før han strøk på dør så raskt at han nesten slo sykepleieren utenfor overende.

Det summet i stemmer rundt hodet hennes. Ukjente stemmer som hvisket sammen, en som mumlet for seg selv og bladde i noe. Noen som gråt? Hun holdt øynene lukket. Hun hadde ikke den fjerneste anelse hva hun skulle si om noen ville vite hva som hadde skjedd. Det ble bare alt for mye slit å skulle takle nysgjerrige spørsmål nå. Hun lurte på om noen hadde ringt Eirin. Om det kanskje var hun som gråt. Det ble hvertfall for tungt. Eirin hadde bekymra seg nok om henne som det var. Best å ikke si noe til henne.

Armen verket, men ikke så mye som hun hadde forestilt seg at brudd ville gjøre. Med litt flaks var hun helt ok og kom til å komme hjem i dag. Hun forsøkte å røre litt på armen, bare kjenne at den var der – uten at noen skulle merke det. Den nektet. Den var der, ingen tvil, men satt fast. Hun innså motvillig at en solid dose smertestillende var eneste grunnen til at det var mindre vondt enn hun hadde trodd. Lysten til å se hvordan armen så ut vokste, men folka var fortsatt i rommet.

«Ring dette nummeret når hun våkner. Vi vil gjerne snakke med henne så fort det lar seg gjøre,» sa en mannsstemme. Den var ikke spesielt dyp, men likevel myndig. Autoritær. Hun følte seg umiddelbart tiltrukket av den. Uansett hvordan mannen som eide den så ut. «Jeg tror hun er våken alt.» Jævla kjærring.

Nurse Ratched, uten tvil. Fottrinn nærmet seg. Tungen hennes ble tørr og nummen. Det var ikke mulig å unnslippe, hun var avslørt. Hulkingen stoppet. Tusen blikk brant huden hennes og fikk henne til å klø i ansiktet.

En hånd strøk forsiktig på den skulderen som ikke var vond. Hun så opp i et rynkete ansikt med et vennlig smil. Håret var satt opp i en stram, grå topp og klærne var hvite. Så dette er Nurse Ratched, tenkte hun, men følte det ikke lenger. Nina stod det på et mørkeblått skilt foran brystlommen hennes. «Hei, Madelen. Du er på Ullevål sykehus. Vi har gipset armbruddet ditt og du kommer til å bli helt fin igjen.» Hun var rolig, og tålmodighet strålte av hele hennes vesen. Det hørtes ut som om hun svarte på spørsmål hun hadde besvart tusen ganger før og aldri gikk lei av. Mot sin vilje kjente Madelen at hun likte dette mennesket allerede. Hun hjalp henne med å sette seg opp. Armen var gipset og bandasjert tett inntil kroppen, med ett eller annet mykt og stinkende i armhulen. Hun ville spørre om de gjenbrukte armhuleputene uten å vaske dem mellom pasientene, men ville ikke gjøre sykepleieren fornærmet.

«Og vi er fra politiet. Vi har noen spørsmål til deg vedrørende det som skjedde.» Under en brun bart presset leppene seg sammen. Det kunne virke som han måtte holde igjen fysisk for å ikke si hva han egentlig mente. Han veivet litt med en kulepenn, og etter flere forsøk kom en liten notisblokk opp av lommen. Pennen trommet lett mot blokka. Madelen så seg rundt, forsøkte å få noe ut av ansiktene rundt seg. Nurse Ratched, en stetoskopdame med papirer i hendene - sannsynligvis legen - to politimenn og Eirin på en stol ved vinduet. Hun satt og måpte. Sorte mascarastriper gikk fra øynene hennes og ut mot ørene, men nesen hadde hun glemt å tørke. Madelen prøvde å ikke flire av lillesøsteren, men fikk det ikke til.

«Det er ikke noe å le av. Jeg har vært kjemperedd for deg.» Eirin gikk bort til henne og klemte henne inntil seg. «Hva skjedde med deg? Hvorfor angrep han deg» Hvem var det?» Kløna fra politiet skjønte sannsynligvis hvilken tabbe han hadde gjort og forsøkte å innhente seg. «Jeg må be familiemedlemmer gå ut av rommet. Vi ønsker svar på hvordan denne skaden oppstod og om du kjenner gjerningsmannen.» «Gjerningsmannen?» Madelen var helt himmelfallen. «Det har ikke skjedd noe ulovlig. Jeg har ikke gjort noe ulovlig. Dere trenger ikke å gjøre noe ut av dette.» Blikket hennes hoppet fra ansikt til ansikt. Hun mente det burde være opplagt, men ingen av dem så ut til å skjønne hva hun mente. «Jeg falt i trappa,» sa hun til slutt.

«Naken? Fra trappa inn i en leilighet? Med hendene bundet fast bak ryggen?» Eirin så streng ut. Hun lignet moren. Når hun mistenkte at hun ble løyet for ble ansiktet helt mørkt. Haken ble trukket inn mot brystet og øyenbrynene sank. Det hadde ikke slått henne før hvor mye Eirin lignet på moren deres. Sånn flaks for henne. Madelen hadde alltid tilstått når moren mørknet sånn. Nå sa hun bare; «Jeg synes du skal vente utenfor.» Sykepleieren la armen rundt Eirin og fulgte henne ut. Legen fulgte etter, fremdeles uten å ha sagt et ord. Madelen håpet hun ikke skjønte hva som hadde skjedd. Det var så fælt når folk hun umiddelbart likte, skjønte hvordan hun var og dømte henne.

Politimennene hentet hver sin stol. Hun sukket tungt. Det måtte bety at de planla å være der en stund. «Hør her. Holder det ikke at jeg sier at ingenting ulovlig har skjedd?» «I så fall bør det ikke være noe problem å fortelle oss om det. I den tilstanden du ble funnet ville det vært rart om vi ikke stilte noen spørsmål, ville det ikke?» Hun sukket igjen. «Det var bare sex. Det er ikke forbudt å være litt pervers.» Kinnene ble varme. Hun så rett ned i dyna. «Det var bare deg i leiligheten da du ble funnet. Hvis naboen ikke hadde ringt oss på grunn av hyl fra leiligheten vet jeg ikke hva som hadde skjedd med deg.»

Så han hadde stukket av. Feige svin. Hun lekte med tanken på å angi ham. Han fortjente det jo. Ikke nødvendigvis fordi han hadde brukket armen hennes, eller latt være å plukke opp hennes signaler om at grensen var nådd, men fordi han ikke hadde hjulpet henne etterpå. Avskyen fikk henne til å grøsse igjen, når hun tenkte på hvordan han hadde falt fra hverandre. Hadde hun ant hvor skjør han var ville han aldri i verden fått være hennes dom. Det var litt fortvilende egentlig, at hun ble nødt til å lete opp en ny igjen. Det tok sånn tid å finne en som var riktig for henne. Og enda vanskeligere ble det om de bare skulle lure henne til å tro de hadde kontroll.

«Dere får vel sjekket hvem som eier stedet uansett.» De virket så nedlatende. Hun hadde ikke lyst til å gjøre det lett for dem, selv om hun aller mest ville gjøre livet ubehagelig for Erik akkurat nå. Sikkert feige svin de også. Eller vaniljegutter som trodde de kunne se ned på folk med litt andre preferanser. Det slo henne at han med barten virket underlig ung. Barten var sikkert anlagt bare for å se eldre ut. Han fiklet med blokka si. Han andre var eldre. Mye eldre. Han satt behagelig tilbakelent og lyttet oppmerksomt. Den ene ankelen hvilte på kneet hans og hendene var foldet bak hodet. Blikket hans var festet på ansiktet hennes.

Den unge så provosert ut. «Det vet du at ikke hjelper oss.» Hun skulte på ham. Ville spørre hvordan i huleste hun kunne vite hva politiet kunne og ikke kunne gjøre, men sa ingenting i frykt for at han skulle vekke sinnet hennes. Først da åpnet den eldre munnen. Det var han som hadde hatt den myndige stemmen hun hørte i sted. «Den leiligheten tilhører et utleiefirma. Den har ikke vært utleid på lenge, av årsaker vi ikke har funnet ut av. Ble du fortalt at han du var sammen med bodde i den?» Sakte strakte han armene ut og tøyde skuldrene. Så la han hendene avslappet i fanget. Hun nikket.

«Var dette første gangen du var der?» Hun ristet på hodet. «Betalte han deg?» Hjertet stanset et øyeblikk. De allerede brennende kinnene økte temperaturen. Hun ristet intenst på hodet. «Var det noen avtale om betaling?» Hun ristet så hun ble svimmel. Ydmykelsen var total, de trodde hun var prostituert. Der og da ønsket hun at Erik heller hadde kvalt henne så hun slapp å sitte her og kjenne på skammen.

«Da kjenner du ham kanskje godt?» Hun klarnet halsen. «Ikke så veldig. Jeg har kjent ham lenge, men vet ikke så mye om ham. Jeg er ikke noen hore, bare litt ... kinky kan man si.» Han nikket som om han forstod, men hun var ikke helt sikker enda på at det stemte. «Han er dominant og du er sub. Men da forventer du at han ikke skader deg og det burde vært et passord eller tegn av noe slag som du bruker før noe knekker.» Hun lukket øynene for å slippe å se den unge jyplingen i ansiktet. Så den gamle forstod, den unge så fortsatt like hissig ut. «Og hvis han ikke stopper når du sier det ordet så er det vel voldtekt? Et overgrep av noe slag, i hvert fall?» «Han satte på meg en gag. Jeg visste ikke om det på forhånd. Visste ikke hvordan jeg skulle få sagt fra til ham.» Hun holdt blikket stivt ned i dyna. Ville ikke se reaksjonene

147

i ansiktene deres når hun sa det. Det var brodert «Ullevål Sykehus» flere ganger oppover dyna. Der forundret henne at det skulle være nødvendig. Som om noen ville prøvd å rappe dette stive, ubehagelige sengetøyet. Hun plukket litt på det.

Nå var det den gamle som sukket. Han sa noe til den unge som hun ikke oppfattet, men han gikk i hvert fall ut av rommet. Det gjorde det lettere. «Utleiefirmaet var svært overasket over visse ting som var å finne i leiligheten deres. Særlig krokene i taket.» Han smilte avvæpnende. «Jeg har aldri egentlig spurt. Det var på en måte litt av spillet. Men først trodde jeg at han bodde der.» Føtter trampet forbi døren. Nå og da pep en alarm. Stemmene utenfor døren var dempet. Nærmet seg, så var enkelte ord mulige å tyde, så ble de fjernere igjen. Stillheten i rommet krevde ord av henne. Den mørknet som moren hennes. Den gav henne en ustoppelig trang til å fylle den, men hun visste ikke lenger med hva.

«Han heter Erik Johnsen. Jeg vet ikke hvor han egentlig bor. Han kjører en Audi. Mørk grå tror jeg. Men jeg vil ikke ha politiet involvert. Han tok helt av når han burde vært rolig, og stakk av når han burde hjulpet meg. Det går vel egentlig mer på hans ære enn på loven.» Han reiste seg. Tittet litt ut av vinduet, deretter på henne. Han hadde en bekymret mine. «Kanskje. Vi kan ikke gjøre noe med saken om du ikke vil anmelde. Men jeg håper for din skyld at du ikke treffer ham igjen. Det hadde vært forjævlig å bli kalt ut til enda et husbråktilfelle og finne deg død. Du er verdifull. Husk det.» Før han gikk klappet han henne støttende på skulderen. Hun ville grått om det ikke var for at alle tårene i henne for lengst var brukt opp.

Kapittel 11

«Herregud, Madelen, du kan ikke mene at du skal være her aleine i den tilstanden.» Eirin tordnet rundt i leiligheten hennes, mens hun ryddet. «Jeg er stor pike, kjære deg. Jeg setter pris på at du kjørte meg hjem, men herfra går det fint.» «Mhm.» Eirin fylte vaskebøtta mens hun avfeide henne. «Hvis du vil hjelpe til kan du hente en øl til meg.» Da snudde Eirin seg, med rasende ild i blikket. «Med de smertestillerne du går på?! Glem det! Hvis du ikke klarer å la være å blande øl og piller sjøl, så flytter jeg inn til du er bra igjen.» Madelen smilte, mens en storm raste i hodet hennes. Skulle ikke verden snart slutte å behandle henne som et barn? Hva i alle dager fikk alle til å behandle henne som hun ville gå i stykker hvis hun ble overlatt til seg selv? Hun fant ingen svar og sa ingenting, i frykt for at spørsmålene skulle fyke ut av munnen hennes i et ubevoktet øyeblikk.

Hun studerte sjukemeldinga si, og papiret hvor legen hadde skrevet opp timeavtaler og behandlingsforløp, mens hun ignorerte søsteren sin. Alle flater ble vasket. Skuffer ble trukket ut, innhold sortert. Puter ristet og sengetøy skiftet. Fire uker hjemme, kun avbrutt av besøk hos legen for ny gipsing. Hun kom til å gå på veggen av kjedsomhet. Og enda så lenge som det var mente legen at hun sikkert skulle bli hjemme enda noen uker. På den andre siden hadde hun jo gruet seg til å treffe Øystein igjen.

Da ringte det på døra. «Bare sitt, jeg har det.» Madelen vred urolig på seg. Det ante henne at søsteren kom til å drite henne ut. «Hun er ikke frisk, jeg kan gi beskjed om at du har vært her. Hva heter du?» «Jørgen. Men jeg er temmelig sikker på at hun har lyst til å treffe meg altså. Bare en liten stund.» Hun reiste seg. «Slipp ham inn, Eirin. Det går fint. Jørgen, kjære deg, kom inn.» Han føk forbi søsteren og kastet seg om halsen hennes. «Jeg ble så bekymra når du ikke svarte. Hva har skjedd med deg? Har du mista telefonen også?»

Posen med alle tingene hennes lå slengt i et hjørne av leiligheten fremdeles. Selv Eirin hadde ikke villet rydde den. Hun hadde ikke sjekket hva den inneholdt engang, men hadde blitt forsikret av sykepleieren om at alt som politiet mente tilhørte henne var hentet fra leiligheten, og puttet i den posen. Nå så hun skyldbetynget mot den. Eirin tok hintet og røsket den med seg inn på badet. «Jeg falt i trappa. Det går fint, må bare gå med gips en stund.» «Hvordan i huleste klarte du det?» Jørgens smil var blekt, men han studerte gipsen som om han var imponert over den. «Det var noen som hadde lagt et skateboard i trappa. Jævla nabounger. Men det går fint, som sagt.»

De satte seg på de ubehagelige plaststolene, og han kysset henne som han ikke enset at det var noen andre tilstede. Hun skvatt. Så deiset veska hennes i bordet ved siden av dem og Eirin grep fast i vaskekluten igjen. «Men nå har det blitt helt helvete hjemme. Pappa har kjøpt seg hus og må bo hjemme i et par måneder før han kan flytte inn i det. Kjøpt seg et oppussingsprosjekt og må gjøre alt sjøl. Det er bare krangling og mas.» «Oppussingsprosjekt? Jeg trodde dere var stinne av gryn og kunne kjøpe ordentlig, jeg.» Hun hadde ikke ment at det skulle høres så frekt ut. Jørgen rynket pannen et øyeblikk, men deretter så det ut som han valgte å bare ignorerte det. «Mamma er stinn, hun kommer fra en bedrestilt familie. Pappa har jo bare det der lille lastebilfirmaet sitt å forsørge seg med. Han sliter litt nå, altså.» Hjertet hennes danset seiersdans, men hun manet fram det hun håpet var sin beste medfølende mine. «Men han klarer seg sikkert med tiden, altså.» Jørgen dro seg i håret og sukket. «Han er bare dritsur når han er hjemme, og Mamma gjør ingenting annet enn å sitte i sofaen og grine.» Hun la en hånd på kinnet hans. «Det blir et par vonde måneder, ja. Men så går det nok bra med henne når han er ute.» «Kan jeg ikke få bo her så lenge? Bare en stund, til det har roet seg.» Hun lette, men fant ikke spor av humor i øynene hans. «Mener du det? Bo her? Men vi er jo ikke …» Eirin avbrøt henne. «Hvor lenge har du kjent henne?» Madelen holdt pusten for smellet hun ikke kunne avverge. Eirin var presis. Rett på sak, ikke noe tull. «Noen uker, omtrent,» svarte Jørgen usikkert. «Utnytter du henne eller har du faktisk følelser for henne?» Det spørsmålet hadde ikke engang Madelen forutsett. Det fikk henne til å ville gjemme seg fra dem begge. «Jeg elsker henne.» Hun skulle til å bryte inn. Fortelle dem at det faktisk er ganske ufint å snakke om noen som om de ikke var tilstede. Hun fikk ikke inn et ord. «Du ser at hun ikke kan bruke venstrearmen på ukevis. Kommer du til å bidra her i huset så lenge? Holde det reint og hjelpe henne med klær og sånt?» Han skjønte hva han ble intervjuet for og nikket ivrig nå.

«Men han har ikke jobb.» Madelen så endelig utveien sin. «Jeg har ikke råd til å forsørge deg. Beklager, baby, men det har jeg faktisk ikke.» «Jeg har penger. Har jo sparekonto, og hvis det betyr noe for deg så kan jeg skaffe meg en jobb lenge før den går tom. En kamerat av faren min har budbilfirma. Jeg får helt sikkert jobb av han.» Tankene hennes gikk i ekspressfart, han kjente så mange kakser og bedriftseiere, så en lang jobbsøkerperiode kom sikkert ikke til å skje. Han hadde sagt seg villig til å hjelpe til med husarbeid og nå var hun ikke i en posisjon til å hevde at hun klarte alt selv. Dessuten så han på henne med vakre, stålblå øyne. Den kraftige kjeven hans var dekket av skjeggstubber, og han visste så utmerket godt hvor sexy hun mente det var. Brede skuldre kunne bære hva det skulle være for henne. «Du går på skole fortsatt. Du har ikke tid til å jobbe om du skal klare det.» «Semesteret er straks slutt. Etter det er det to måneder hvor det ikke er noen skole. Jeg vet ikke om jeg gidder å fortsette etter sommeren uansett. Mastergrad er oppskrytt,» la han til. En ide slo henne.

«Javel da. Men bare til ting roer seg hjemme.» Han smilte til henne og hun ble varm mellom beina. «Takk, elskling. Du kommer ikke til å angre.» Han stakk ut i oppgangen og hentet en diger bag. «Du bare antok at jeg kom til å si ja, du.» Hun forsøkte å høres streng og anklagende ut. Sant å si trengtes det vel kanskje ikke mer enn et par uker før man lærte seg hvordan man fikk henne over på sin side. Han gliste og nikket, og smatt inn på soveværelset hennes for å gjøre plass til sine egne klær.

«Ikke se sånn på meg. Du liker ham, og den gutten kommer til å holde deg ute av alle de sinnsyke problemene du roter deg borti hele tiden.» Eirin viftet med pekefingeren mens hun sa det. Så hevet hun stemmen litt. «Jørgen? Du og Madelen skal hjem til oss på middag, førstkommende søndag klokken 16. Du sørger for det?» Madelen måpte, mens Eirin rakte tunge til henne da han svarte; «Så klart. Skal vi ta med noe?»

Kapittel 12

«Heisann, Madde. Akkurat den jeg så etter. Kjøreplanen dere har satt opp for i dag er ikke fysisk mulig å gjennomføre, hvis dere ikke skal bytte ut lastebilen med helikopter.» Steinar stod ved kaffemaskinen og viftet med et velkjent skjema da hun gikk inn døra til jobben. Skjegget hans var prydet med en stripe dressing for anledningen, eller kanskje var det remulade, og gule flekker nedover lårene gav inntrykk av at han nettopp hadde krabbet ut av en søppelkasse. Hun tenkte at om han ikke snart skiftet ville buskene hans rømme – for muligheten til å få seg en vask. «Jeg er ikke akkurat den eneste av sjåføra deres som har klaga på planene i dag. Hvorfor skal jeg først til Holmenkollen og så til Bøler før jeg skal til Grefsen?» «Seriøst, Steinar, se på meg. Jeg har ingenting med kjøreplanen din å gjøre i dag. Skal bare levere sjukemelding.» Først nå så han på henne. Skjegget delte seg i et stort flir. «Oi, faen, var du fest i helga eller? Hvem er det som luker ut feila i planene da?» De snudde hodene mot kontoret hennes samtidig. Helene satt der og filte negler, mens hun fniste og snakket med Øystein. Han satt i Madelens stol og ansiktet var dekket av et fårete glis. «Snakk med frøken fryd der inne. Nei forresten, jeg tar det.» Med et kjapt napp tok hun planen ut av hendene hans.

Hun trampet inn på kontoret. Helene glippet så vidt med øyelokkene for å anerkjenne at hun var kommet inn i rommet. Øystein så skyldbetynget ut og reiste seg. Før han fikk åpnet munnen sa hun, «Snakk med vikaren min her om kjøreplanene – ser ut som hun ikke har tenkt på kart eller kjøretider i det hele tatt, bare satt opp tilfeldig.» «Nå er du vel litt bråkjekk. Helene har ikke mye erfaring men det kan ikke være så …» Hun klasket skjemaet i brystkassa på ham, og han grep etter det. Først så det ut som han skulle kjefte på Madelen for frekkheten hennes, men kom på bedre tanker da han så planen. Han bannet lavt og sa til Helene. «Jeg tar dette sjøl i dag jeg, så kan vi snakke mer om planlegginga når vi har bedre tid.» Madelen passet seg for å si at det ikke så ut som om tiden var noe problem da hun kom inn. I gjenskinnet fra vinduet kunne hun, med en viss skadefryd, se at Helene sendte et langt, nysgjerrig blikk etter dem da de gikk til Øysteins kontor for å snakke om sykemeldingen.

«Jeg må tilstå, Madde, jeg tvilte litt da du ringte og sa at du var sjuk. Etter det som har skjedd mellom oss, og når jeg satt ved siden av Helene på mandagen kan det jo ha virket som …» «Madelen,» avbrøt hun ham. «Hva?» Hele mannen så ut som et spørsmålstegn. «Jeg heter Madelen. Jeg hater å bli kalt Madde.» Han så enda mer forvirret ut, men nikket. «Madelen,» sa han og fortsatte «Som sagt skjønner jeg at det kan ha virket som …» «Det

156

virket ikke som noenting. Jeg blåser i deg og Helene. Jeg er bare

her for å jobbe. Bortsett fra nå da.» Hun smilte så søtt hun kunne.

«Javel.» Fingrene hans dro i huden under haka, deretter på

kinnet. Hun lente seg godt tilbake i stolen og forsøkte å legge

armene bak hodet, før hun kom på at den ene var gipset inntil

kroppen hennes. Det ble med den ene bak hodet. Det så på langt

nær like avslappet ut, men det fikk duge.

Endelig følte hun seg litt ovenpå. At han skulle legge seg

ned som en slått hund var bare litt for uventet godt til at hun

kunne la det passere. At hun ikke hadde skjønt at plukkingen på

huden var et tegn på usikkerhet før nå. «Ja. Så da tar Helene over

noen av oppgavene dine, også tar jeg noen, fram til du er tilbake

om,» han så ned på sjukemeldingen foran seg, som om han måtte

se etter for å huske hvor lang den var. «En måned.» «Ja, hvis ikke

den blir forlenget. Som jeg sa på telefonen vet man ikke helt hvor

lang tid det tar før det gror – også trenger jeg fri for å gå i

fysioterapi når gipsen er av.» Han nikket igjen. Munnen åpnet og

lukket seg et par ganger, som om han tok mot til seg, før han

spurte. «Men hvordan skjedde det?» «Tryna i trappa. Jeg sa vel

det i telefonen.» Hodet han vippet fra side til side mens han sa

«Jojo, du gjorde jo det – men i overarmen? Er det så vanlig da?»

Da måtte hun le. «Jeg gjør visst ingenting på den vanlige måten,

jeg.» Han lo med, men det så rimelig tvunget ut. «Jeg er veldig lei meg for at det endte sånn. Og for at jeg ikke trodde deg når du ringte og sa at du var sykemeldt.» Smilet hans satt som limt til ansiktet, og hun spente bicepsen i skadearmen slik at det stakk i den for å klare å holde på sitt. «Fortiden bare glemmer vi, Øystein. Det blir bare rot med oss, det orker jeg ikke uansett.» Han stirret granskende på henne. «Men jeg må hjem nå, jeg. Vi sees om noen uker da.» Hun reiste seg og smatt ut før han fikk sagt noe mer.

Dagene hjemme ble lange og tunge. Helst ville hun bruke nettene på å male og sove på dagene, men med Jørgen der ble det så vanskelig å konsentrere seg. Dessuten ble han så forstyrret av at hun romsterte rundt mens han skulle sove. Han sa ingenting om det, men hun hørte ham vri og vende seg i sengen. Han peste og sukket oppgitt. Hun gav det opp. Hun prøvde mens han var på jobb også, men fikk ikke ro på seg. Dessuten var det vanskelig å ikke kunne bruke venstrearmen til å holde på kluten og åpne malingstubene. Hun endte med å vandre rundt i leiligheten uten å gjøre noe som helst.

Telefonen pep. Det føltes som hele kroppen svømte i sirup, men hun tvang seg ut av senga likevel. Stoppet opp foran klesskapet og lurte på om hun skulle ta på seg noe. De fleste skuffene var tomme, eller inneholdt bare de klærne som var utvasket eller så gamle at de så teite ut nå. De tre skuffene Jørgen hadde forsynt seg med var fulle av pent brettede klær, som alle så helt nye ut. Hun sparket igjen skapdøren og subbet ut i stua for å se på telefonen. «God morgen, min lille tøs. Har du et par timer å avse i kveld?» Madelen lo høyt og trykket "slett".

Kjøkkenet var rent og ryddig. Det hadde sett helt bomba ut da hun gikk og la seg i natt. Hun skulle ta seg noe å spise kvelden før, men gadd ikke, da hun så at det ikke var noen rene tallerkener der. Jørgen må ha vasket før han gikk på jobb. Når hun kjente nøye etter var hun ikke egentlig så sulten. På bordet stod laptopen hennes, malingstubene som lå strødd og et lerret som ikke var tatt ut av plasten ennå. Hun skrudde på PC-en og prøvde å overse malingen. Foten trampet takten til musikk hun bare hadde i hodet. Kroppen var full av uro og hun orket ikke å lese annet enn overskriftene på noen nettaviser. Det skremte henne litt at hun ikke husket en ting hun hadde lest da hun klappet den igjen.

Etter å ha vandret litt rundt i leiligheten, satte hun seg ned igjen. Reiste seg. Subbet inn på kjøkkenet og åpnet kjøleskapet. Kylte døra igjen av all kraft og ropte høyt til seg selv. I bakhodet småflirte tanken om at naboene nå antageligvis trodde hun var gal og de hørte alle lydene hennes. Hvordan holdt uføre og trygdede ut dette i årevis? Med et oppgitt sukk ryddet hun vekk malingen og satte seg foran PC-en igjen.

«Jeg har tenkt litt.» Det var det første han sa da han kom hjem. Det stakk i magen hennes. Nå mister jeg ham, tenkte hun, og hadde helt glemt at hun ikke ville ha ham i utgangspunktet. Han la fra seg bokbagen i gangen, som om hun ikke hadde sagt hundre ganger at hun ble plaget av at han ikke hang den på en knagg. Han smålo uforstående mot henne. «Ikke se så redd ut da. Jeg sa jeg har tenkt, ikke at jeg skal skyte deg eller noe.» «Hva har du tenkt?» Hun la fra seg penselen og la den friske armen over fatlet. «Jeg tenkte,» han satte seg ved siden av henne og la hånda si på hennes «at da jeg spurte om jeg kunne bo her en stund så jeg for meg at det ville være som å være på date hele tiden.» Hun gned seg i pannen og ristet på hodet. «Men det har blitt mer som om vi er drittlei av hverandre, uten at vi hadde det noe gøy i starten engang.» «Jeg vet det, Jørgen. Jeg har det ikke så jævla bra akkurat nå. Mente ikke at det skulle gå ut over deg, men hvis vi bare kunne ...» Hun sa det fremdeles med håndflata mot panna. Det trykket i hodet av stresset. Forsiktig la han pekefingeren på leppene hennes, før hun var ferdig å snakke. «Jeg skjønner at det kom litt overraskende på deg. Men hør da. Det blir kanskje litt slitsomt hvis det skal være som å være på date hele tida, men hvis vi finner på noe litt gøy i kveld så blir det kanskje litt lettere. Også

160

synes jeg at vi burde gjøre noe sammen de fleste kveldene. Ikke bare sitte og glo liksom.» «Så, du skulle ikke si at du stikker altså?» Han lo som om tanken var helt absurd. «Idiot,» sa han og kysset henne på halsen. «Du har maling i panna, forresten.» Han reiste seg og gikk på badet. Hun holdt pusten til hun hørte ham skru på dusjen, så gråt hun over hvor sårbar han hadde gjort henne.

Han tok henne med på en restaurant. Servitørene var penere kledd enn henne og hun forsøkte å overtale ham til å gå, etter å ha sett menyen. Stedet var for fint. Hun hadde aldri passet inn på så dyre steder. Hun dro kjolen nedover og fiklet med torshammeren som hang rundt halsen hennes i et lærbånd. «Ikke fikle. Jeg synes du ser fantastisk ut,» hvisket han. Det gjorde henne enda mer utilpass. Hun var en voksen dame, hun trengte ikke å bli beroliget av en guttunge. «Det er ingenting jeg liker her. Vi går på Egons i stedet,» hvisket hun tilbake. Han bare lo.

Blondene på kjolen hennes var formet som hodeskaller. Sjalet var slitt av for mye vask. Håndleddet var prydet av et bredt armbånd i sort skinn. Vanligvis ville hun følt seg fantastisk i disse klærne, men nå ville hun helst bare gjemme seg bort. Han hadde måttet hjelpe henne på med både klærne og sminken. Hun hadde frest til ham. «Jeg har sagt hva jeg mener om feminine menn?! Du har ingenting med å røre sminkesakene mine.» Han så like rolig og

161

tålmodig ut. «Du har ikke sjans til å få det pent med bare en arm.» Han konstaterte det rolig, som om det ikke gikk an å bestride det. Hun hadde ingen anelse om hvordan han hadde oppdaget at det ble helt umulig for henne å nekte når han gjorde det. Uten et ord lot hun ham ta sminkekosten ut av hånda hennes og sette seg skrevs over henne. En del av henne hadde ønsket at det ble seende klovnete ut, derfor sa hun heller ingenting da hun etterpå sjekket speilet og så at det ble langt penere enn hun pleide å få til. Selv når hun hadde begge hender til rådighet.

«De har biff. Du liker det. Du kan bare be dem om å droppe rødvinssausen og bytte ut sauterte poteter med bakt.» Han så ut til å føle seg helt hjemme her. Trassen vokste i henne. Hvordan i huleste visste han så mye om henne? Hun hadde ikke kunnet gjøre det samme for ham. Igjen var hun dratt mellom samvittigheten og målet. Han brydde seg nok om henne til å legge merke til hva hun spiste og ikke spiste. Men hun hadde ikke lyst til å bli hjulpet med restaurantbestillinger. Og hun hadde hvertfall ikke lyst til å slippe taket i den eneste som kunne fortelle henne om hun lyktes i å lære Øystein et par ting om å leke med følelsene hennes.

Hun ble i bedre humør da servitøren kom. «Nei, oi – hva har skjedd med den unge damens arm?» Hun hadde forventet at han skulle være snobbete og sarkastisk, i likhet med fyren som hadde vist dem til bordet. I stedet overøste han henne med sympati og oppmerksomhet. Før de engang fikk sett på menyen hentet han et glass champagne til henne, blunket søtt og sa den var på huset. «Se det er ikke så ille på sånne steder, er det vel?» Hun smilte stort over glasset, og tok seg i å se beundrende på Jørgen. All usikkerhet som hadde lyst av ham i starten var børstet av ham. Stadig oftere måtte hun minne seg selv på hvorfor hun egentlig beholdt ham i livet sitt. Han bestilte for henne, men det endte med å bli en ganske fin kveld likevel.

Vel ute av restauranten begynte hun å gå mot bussholdeplassen. «Nei, nei, i kveld må jeg få bestemme littegrann,» sa han. Et lekent smil fòr over ansiktet hans. Hun lo og snudde seg. «Okay, denne ene gangen da.» Hånda hennes smøg under armen han tilbød henne. «Vakre Madelen.» Hun svarte ikke. Skoene hennes klakket mot asfalten. Det var den eneste lyden i gata. I øyekroken så hun hvor stolt og fornøyd han så ut. Fingrene hennes klemte rundt armen hans.

Da de svingte inn til slottsparken bråstoppet hun. «Her går jeg ikke når det er mørkt.» Han stilte seg rett framfor henne og la armene om henne. «Du trenger ikke å være redd for noenting. Jeg passer på deg, Madelen. Det kommer jeg alltid til å gjøre.» Med all sin kraft skjøv hun påminnelsen om at hun kom til å knuse ham langt ned, der hun ikke kunne se den. Heldigvis så

163

han ut til å tro at tårene som fylte øynene hennes var fordi hun var rørt eller noe slikt. «Av en eller annen grunn forbinder jeg parken med foreldrene mine.» Han lo. Lyset fra månen fikk øynene hans til å skinne og fremhevet de perlehvite, men skjeve tennene hans. «Jeg tror de tok meg med hit to ganger eller deromkring, før de oppdaget at alle de andre i parken var stonere.»

Hun ble med likevel. «Vet du at du faktisk aldri har nevnt foreldrene dine i det hele tatt? Jeg kom til å tenke på det i stad.» De gikk i stillhet igjen, men nå føltes den trykkende. «De er døde,» sa hun til slutt. «Ikke mer å snakke om.» «Unnskyld, det var ikke meninga å ta opp noe vondt,» sa han, men fortsatte å ta det opp likevel. «Var det lenge siden?» «Mora mi døde for seks år siden.» Hun håpet han ville ta hintet og slapp armen hans for å klø seg på kinnet. «Men faren din da?» «Vi hadde ikke noe særlig nært forhold. Hvertfall ikke de siste femogtjue årene. Han døde i april.» «Oi. Det var jo nettopp, det. Unnskyld at jeg tok det opp.» «Det går fint, bare dropp det nå, okay?»

Det var pinsomt stille en stund, og de fortsatte å gå planløst. Hun kunne ikke komme på noe å si som kunne bryte den vonde tausheten. De gikk sakte, ettertenksomt. Aleksander ville antageligvis ha hatt mye å si om måten hun håndterte det spørsmålet på. Hadde hun bare hatt noen anelse om eksakt hva, kunne hun kanskje vært noenlunde normal hun også. Det hadde vært lettere hvis hun hadde visst hvordan hun kunne vise medfølelse med Jørgen uten å drite seg ut, eller si for mye. Å stoppe seg selv i å bli for brå eller krass hadde hun for lengst måttet gi opp.

«Jeg synes det er skikkelig fælt å ikke kunne fortelle moren min om deg.» Han sa det stille, som om han ikke var helt sikker på om han ville at hun skulle høre det. «Jeg og,» svarte hun, uten å komme på at det dro opp det vonde igjen før etterpå. «Glem det, forresten. Jeg er lei meg for at det må være sånn.» Albuen hans dultet i henne. Tilbød henne armen igjen. Hun tok den. «Det hadde vært lettere hvis jeg hadde skjønt hvorfor.» Neglene hans raspet mot skjeggstubbene. «Jeg er mye eldre enn deg. Hun kommer ikke til å forstå hva du skal med meg.» «Det høres ut som du har øvd inn den setninga. Fortell meg. Vær så snill.» Det raslet svakt i tretoppene. Sukket hennes hørtes mer oppgitt ut enn hun skulle ønske. «Det er en klasseting, kjære uskyldige du. Jeg er en metaller, oppvokst av en alenemor som ikke hadde større arv enn et par gamle kjeler og en håndfull bøker. Jeg liker det rufsete og uslepent. De stedene jeg vanker lukter av øl fra forrige måned og grønn død. Og jeg trives med det. Du er faen meg fra Holmenkollen. Du trives på steder som har oppvatning på dass! Du kler deg som en pamp og du og venna dine kommer til å bli bedriftseierne og utlånerne som holder mine venner som gjelds- og arbeidsslaver til vi dør. Derfor kan du ikke fortelle mora di om meg. Og aldersforskjellen gjør det ikke lettere.» Raspingen hans ble mer intens, før hånda hans gled ned i lomma og han klirret med myntene der i stedet. «Er ikke du ganske grunn hvis det hele handler om penger?» «Det handler om kaste, ikke om penger. Dessuten handler det mer om det at sånne som meg er litt for vant til å bli sett ned på.» «Sånne som deg?» Han hevet stemmen nå. «Sånne som deg! Herregud, Madelen – lukk opp øya. Jeg elsker deg. Sånn som du er, selv når buksene dine ser ut som en flokk ville hunder har lekt med dem. Selv med hår så flokete at det ser ut som noen har limt et garnnøste i nakken på deg.» Han roet seg. Peste tungt. «Når hånda di glir over brystet mitt og du får meg til å føle meg så verdifull.» Hun dro seg nærmere armen hans igjen. Lente hodet på skulderen hans en liten stund, og trengte ikke å si mer. For første gang siden han stod på døra med bagen ble hun med når han gikk og la seg for natten.

Morgenlyset kikket inn gjennom en glippe i gardinene. En stripe av lys la seg over det ene øyet hennes og varmet ansiktet hennes forsiktig. Under kinnet hennes dunket Jørgens hjerte, og for første gang på lenge føltes det godt å våkne til en ny dag. Hans varme lepper på pannen fikk magen hennes til å krible, og hun lot armen gli over brystkassen hans for å holde ham tett inntil seg. Pusten hans var dyp og rolig. Hun følte seg så nær ham når hun lå og lyttet til den. Hennes egen fulgte hans uten at hun egentlig prøvde på det.

Med en hånd på skulderen hennes dyttet han henne varsomt over på ryggen og la seg på henne. Hun nøt følelsen av hans muskuløse, stramme brystkasse presset hardt mot hennes myke. De bulende armene og brede skuldrene tente henne så resten av verden og alle planer falmet i bakgrunnen, og hans kropp ble alt som betydde noe. Hånda hennes strøk ham grådig oppover armen og hun vippet hoftene nærmere ham. Pikken hans lå hard mot låret hennes, og hun var utålmodig. Han skalv lett på hånda da han søkte seg fram med den under dyna. «Herregud, så våt du er,» hvisket han, og så ned mellom dem idet to fingre gled inn i henne.

Hun vippet dem ut igjen, og strakk skrittet mot hans. «Knull meg,» hvisket hun og så ham rett i øynene. Det ante henne at han ikke likte at hun gjorde det når han var kåt, men hun fikk seg ikke til å la være. Hvis hun ikke kunne se ham i øynene føltes det så kaldt og betydningsløst. Som om det ikke var annet enn kropp og lyst. Pikken hans fant endelig fram og hun stønnet av tilfredshet da hun kjente den fylle seg. Det gikk noen minutter før hun kom på at hun hadde glemt kondom. Hun forbannet seg selv, det var en av de få tingene hun normalt aldri glemte, men det var simpelthen for godt til at hun ville stoppe ham. Stønnene hans fikk henne til å grøsse av lyst, og gryntene når det gikk for ham fikk henne til å komme samtidig. Halsen hennes ble våt av svetten hans da han kysset den. «Jeg elsker deg,» hvisket han andpustent i øret hennes. «Elsker deg og.» Hun ante ikke hvorfor hun sa det. Hun angret med en gang.

Mobilen hans skrek hissig. «Å nei.» Fortvilelse lyste av øynene hans. «Jeg må opp med en gang. Unnskyld, baby, går det bra?» Han lå fortsatt over henne og strøk henne over håret mens han sa det. Hun måtte le av hvor søt han var. «Selvfølgelig. Kom deg av gårde nå. Jobben din her er gjort.» Rumpa hans var steinhard og veltrent. Hun så langt etter den da han gikk for å dusje, så sovnet hun igjen.

Ytterdøra smalt igjen, og hun bråvåknet. Lukten av kaffe lokket henne opp av senga. Hun tasset ut på kjøkkenet og måtte smile da hun så at den ikke var ferdig trakta ennå. Han måtte ha satt den på til henne. Hjertet hennes føltes rolig. Det var en ny og uvant følelse. Hun likte det. Mens hun stod og betraktet kaffen som sakte rant ned i kolben og inhalerte duften av morgener med god tid, fikk hun en ide. I gangen stod en bunke ferdige malerier klare for å bæres ned til boden – hun bladde raskt igjennom dem til hun fant den som bare var halvferdig.

Det onde gliset til vikingen så utfordrende mot henne, mens hun gjorde seg klar til å fullføre bakgrunnen. Egget henne til å bli med i strid, og hun var mer enn klar for det. «En arm er ødelagt,» sa hun til ham, nærmest unnskyldende, mens hun strevde med å sortere farger med kun en hånd. Så danset et smil over øynene hennes. «Men gudene gav meg jo en i reserve.» Så blunket hun lekent til ham, og fullførte det hun hadde startet på. Langt nede i dypet hun aldri ville vise fram, gledet hun seg til å vise Jørgen bildet av faren sin.

Kapittel 13

«Hva gjør du her?» Helene spurte uten å ta øynene fra lommespeilet, mens Madelen gikk forbi kaffemaskinen og inn på kontoret. «Jeg jobber her, Helene. Takk for den varme velkomsten.» Uten å snu seg visste Madelen at hun himlet med øynene. «Jeg mener at jeg trodde du var sykemeldt.» «Jeg har vært borte i nesten åtte uker, Helene. Djeezez, du legger virkelig ikke merke til noe som skjer utenfor speilet ditt, du.» Hun klappet igjen speilet og spyttet ut; «Kjerring.» «Whatever,» nesten sang Madelen muntert, mens hun satte seg.

«Damer, vær så snill.» Øystein stod i døra med lilla nelliker i hånda. Helenes øyne lyste opp og hun reiste seg halvt, før Øystein omfavnet Madelen. «Velkommen tilbake, Madelen. Vi er virkelig glade for at du er frisk igjen.» Blikket Helene sendte henne da hun tok imot blomstene brant av hat og sjalusi. «Takk, så omtenksomt. Har vi noen vase her? Jeg vil ha dem her på kontoret, jeg.» Det enorme smilet hennes klarte ikke å skjule en viss skadefryd over Helenes sinne. «Ja, så klart.» Han føk avgårde for å lete. «Det har gått veldig fint. Vi har nesten ikke merket at du har vært borte,» passet Helene på å si før han kom tilbake.

Han dro inn en stol etter å ha satt blomstene pent i en vase på Madelens side av skrivebordet. «Hvordan er det med armen, da – alt bra?» «Jeg kan fortsatt ikke belaste den noe særlig. Tirsdager og fredager trenger jeg en drøy time fri for fysioterapi.» Han nikket og dro i kinnet sitt. «Okay, den tiden trenger du ikke å jobbe inn, jeg ordner så du får betalt fri for behandling. Jeg har maila deg rapporter for hver uke du har vært borte, så du får oppdatert deg på hva som har hendt her. Ta bare å start pent i dag – Helene fakturerer og jeg tar kjøreplanene i dag - også starter du for fullt i morgen, hvis du føler at du er i form til det. Ok?» Hun nikket og startet opp PC-en.

Hun fniste litt da han hadde gått. «Hæ?» Helene så iltert på henne, men klarte ikke å skjule sin nysgjerrighet. «Ikkeno,» svarte Madelen, og fniste litt til. «Nei, hva?» Nå så hun nærmest hatefull ut. «Nei, altså,» hun så demonstrativt rundt seg, som om hun sjekket at det ikke var noen andre tilstede. «Han drar seg i huden i ansiktet og halsen. Det er litt sånn … Usikkerhetstegn, ikke sant? Bare litt morsomt, ikke noe mer enn det.» Helene snurpet leppene sammen og så tankefull ut. «Hm.» Hun sa ikke mer om saken. Etter det satt hun resten av dagen og leste e-poster og svarte på spørsmål fra kollegene som kom innom. Han hadde litt framsynthet som ikke gav henne andre ting å gjøre etter å ha vært borte så lenge.

Stolen til Helene knirket. Blikket hennes føk fra trappa opp til Øysteins kontor, tilbake til jobben hun burde gjort, og innom Madelen før hun kikket etter Øystein igjen. Det var bare med et nødskrik Madelen klarte å holde seg fra å fnise over hvor rastløs kollegaen så ut. Hjertet hoppet i seiersrus da den rastløse skrotten jumpet opp på beina. Hun vrikket og forsøkte å se rolig ut, men synet av beina som vaklet fram som epileptiske trommestikker på høye hæler, og overkroppen som slet for å holde seg rak, var bare for komisk. Madelen løftet et skjema foran ansiktet og lo så hele kroppen ristet. Så lette hun fram et papir som kunne brukes som påskudd for å be om sjefens oppmerksomhet og smøg seg stille den samme veien som Helene hadde gått.

Når Helene var sint hørtes hun så nasal ut, og stemmen pep. Lyden fikk Madelen til å forestille seg en bitte liten tåkelur. «Men jeg skjønner ikke hvorfor jeg skal gjøre jobben hennes selv om hun er tilbake på jobb! Er du keen på henne eller?» Hun trengte ikke å gå opp trappa engang for å høre klagingen klart og tydelig. Den lave brummingen fra Øystein klarte hun derimot ikke å tyde, så hun smøg seg opp trappen og holdt pusten, som om det kunne gjøre lyden fra trappen lavere. Skulderen hennes klaget – for å ikke slenge rundt med armen holdt hun underarmen over magen og det presset den opp i en unaturlig stilling. Hun forsøkte å overse det.

En skrapelyd fra kontoret hans sendte kalde stråler nedover ryggen på henne, selv om det ikke var henne som stod der og ble ydmyket denne gangen. I sitt indre øye så hun Øystein komme rundt skrivebordet med det kalde, selvsikre uttrykket – spesialdesignet for å få den som ble sett på til å kjenne seg mindreverdig. Han ville lene seg nonchalant mot bordet, rett ved siden av den hadde sittet ovenfor ham, slik at han kunne se ned på den stakkars marken. Ordene som rant ut av kontoret var temmelig nært ord som hadde satt henne nådeløst på plass før. «Du har ingenting med årsakene til de valgene jeg tar. Det er jeg som er sjefen her. Det er faktisk min bedrift, og du er ansatt for å gjøre som du får beskjed om.» Nå var det Helenes ord som druknet på andre siden av veggen. «Flott. Da går du og fakturerer, og rapporter til meg etterpå, så jeg vet at det er gjort.» Trege skritt bortover gulvet. Noen litt raskere. «Du, ikke se så molefonken ut. Du er stor pike, du. Og profesjonell. Jeg vet at du forstår.» Idet døra gikk opp begynte Madelen å gå opp, som om hun ikke hadde stått der hele tiden. «Å hei, var det der du var?» Sa hun til Helene, som hang litt med huet, men tok seg fort inn igjen når hun så kollegaen. «Du Øystein, det ser ut som dette er dobbeltbooka – skal du se på det før to sjåfører drar til samme sted i dag?» I sidesynet så hun Helene snu seg fort etter henne, fra bunnen av trappa, før hun nærmest subbet tilbake til kontoret.

Hun ventet helt til det nærmet seg stengetid før hun snakket med Helene igjen. «Du, jeg hørte slutten av det Øystein sa til deg i stad.» Ild stod formelig ut av øynene hennes og hun åpnet munnen for å kjefte, før Madelen avbrøt henne. «Du har sett så trist ut i dag. Det er bare en helt vanlig hersketeknikk som mange sjefer bruker. Mange menn bruker det på kjæresten sin også, forresten.» Hun lot som hun ikke merket at Helene slo blikket ned, og fortsatte; «Det er bare fordi de er redd for at du skal bestemme for mye. Det fratar dem manndommen sin eller noe sånt. Ikke la deg gjøre deg så deppa da. Det er jo heldigvis bare en jobb.» For å understreke hvor god venn hun var, som trøstet Helene nå, klappet hun henne lett på skulderen og blunket til henne, før hun pakket sammen og gikk hjem.

Et besluttsomt drag så ut til å stramme opp det slitne ansiktet hans, der han strenet oppover den bratte stien mot Sarabråten. Han hadde vært usikker da han våknet med smerter. Usikker også da han gikk krokbøyd inn på Biltema for å handle. Han hadde kjøpt det samme solide, blå repet to ganger tidligere, og burde kanskje ha gitt seg med det da han la merke til at det forsvant hver gang Eirin hadde vært innom, uansett hvor godt han mente at han gjemte det. På t-baneturen inn mot Ulsrud hadde smerten lettet og da han nådde bommen der vesle Madelen

174

hadde gjort halsbrekkende akrobatiske øvelser, mens hun sverget på at hun alltid fikk lov av moren, hadde han grått. Det hadde gått over nå.

Der det er håp er det vits i å fortsette. Samme hva det er håp om, tenkte han. Håp om kjærlighet, håp om vennskap, eller å bety noe for noen. Håp om gjenforening med den eneste personen som egentlig hadde vært viktig. Han visste det ikke den gangen, unnskyldte han seg fremdeles med. Helt fram til nå. Nå tilstod han for seg selv at han var smertelig klar over hvor viktig hun hadde vært for ham. Hvor viktig han hadde vært for henne. Han kunne betydd forskjellen på selvrespekt og selvstendighet, eller selvutslettelse og nedrighet hos ei lita jente. Det kunne ikke være andres skyld at hun hadde ødelagt seg selv slik hun hadde. Eldre menn, korte overfladiske forhold, fyll og et raseri som kom til å bli noens bane en dag. Det måtte være arven fra ham, i det minste deler av det. Han hadde forsøkt å lukke ørene for sånt snakk om henne, men det var ikke til å unngå å få det med seg. Selv om det måtte være litt mer komplisert enn arvesynden, slik han så den, kunne han ikke nekte for at han så alle sine dårligste trekk i hennes livsførsel. Innen han var voksen nok til å påta seg ansvaret for å lære henne å unngå det, var han så gammel at han stod og hamret på perleporten, fortsatte tankene hans. Skjønt, inn perleporten slapp vel uansett aldri sånne som ham.

Det var tyngre å klatre enn han hadde sett for seg. Albuene og skuldrene verket da han dro seg opp. Beina nektet å bøye seg nok til å nå greina han hadde sett for seg som støtte. Et øyeblikk vurderte han å klatre ned igjen og gi opp. Tanken på ydmykelsen han ville føle på vei hjem igjen, med repet i en galgeløkke i posen, var for mye å tåle. Med et krafttak fikk han heist seg opp nok til å nå den tykkeste greina, i det høyeste treet han hadde noen mulighet til å komme opp i. Vel oppe kom han på at han burde skrevet en avskjed til Sara. Han kunne bedt om unnskyldning for et brått farvel, og fortalt henne hvor han hadde gjemt unna noe penger hun like gjerne kunne få nå. Hun kom til å bli trist. På den andre siden var hun nesten alltid trist uansett, så ingen ville merke særlig forskjell. I tillegg ville hun brukt opp hele potten på dop i løpet av noen dager, og det var surt å tenke på at et helt livs oppsparte midler skulle bli kastet bort på den måten. Samme kunne det være. Han la løkken om halsen sin og strammet den inn alt han maktet. Det skar i nakken og presset inni hodet. Så knøt han lett og raskt en holdbar knute rundt greina han satt på. Han skulle gjerne sagt noen siste ord. Oppsummert livet kanskje. Eller noe som kunne trøstet de som ble igjen, hvis han hadde hatt noen som ville merket det. Et kort og vittig punktum kanskje. Noe med snert i.

Den slitne mannen, som ikke var i nærheten av så gammel som han så ut til, så ut over vannet og skogen under seg. Over ruiner som så treffende representerte hans forhold til datteren sin. Han tok et dypt magadrag av luft og så ut som han fant motet i seg. Så lød høyt og klart fra tretoppen: «Jaja, det var vel det,» før han kastet seg ned fra greinen. Det rykket i den spinkle kroppen da tauet strammet, og det smalt høyt da greina knakk. «Faen,» lød det halvkvalt fra den fallende bunten. Med et dunk traff han bakken, og en brøkdel av et sekund senere lød et nytt dunk da greina traff ham. Det surklet i lungene hans da han pustet. Måneskinnet speilet seg i blikket hans. Øynene var oppspilt og flakket vilt hit og dit, men kroppen var helt urørlig.

«Hvordan i huleste er det du ser ut?» sa Helene hovent, og kikket på fingrene til Madelen, idet hun smøg hånda over tastaturet hennes for å raske til seg noen papirer hun trengte. Vanligvis ville en sånn kommentar gjort henne sint, men det var en fin solskinnsdag, det var lenge siden hun hadde måttet se sjefen flørte åpenlyst med Helene foran henne, så hun hadde furtet i ukevis. Enkelte dager gadd hun ikke lenger å kle på seg åletrange skjørt eller sminke seg engang. Alt i alt var hun i for godt humør til å la det ødelegges av ubetydelige kommentarer. «Var og plukka blåbær med fyren min i går,» svarte hun, med et stort glis.

«Han skal lage likør av dem, sier han.» «Hm. Du trenger ikke å se så jævlig nypult ut hele tida bare fordi du fant en fyr som endelig lot seg overtale av deg.» «Hvordan går det med kjærlighetslivet ditt for tiden da?» Hun blunket uskyldig og visste det var et spark under beltestedet. Helene svarte ikke.

Det hadde vært en ganske fin tur. Hun hadde tatt ham med til Gjersjøen og de skulle egentlig fiske. Det var så stille der. Nesten aldri andre folk der, så noen ganger dro hun dit bare for å få fred. Bak vannet var skogen strødd med blåbærtuer. De hadde lagt igjen fiskestengene og tatt med bøtta og gått innover. Som hun elsket den skogen. Gamle trær som hadde veltet eller blitt felt fikk ligge og råtne i fred, dekket av nærmest neongrønn mose. Fargen var så uvanlig og vakker at hun kunne stirre i timevis. Innimellom hadde hun forsøkt å male dem. Det frustrerte henne at hun aldri fikk til den rette fargen på mosen. Stien var knudrete av røtter. Hun måtte gå forsiktig for å ikke snuble. Så hadde de fylt hele bøtta. Hans barnslige glede over alle blåbærene hadde smittet over på henne. Hun ertet ham opp til å jage seg, og lot seg ikke fange før de hadde nådd en stein hun visste ville nå ham akkurat til hoftene. Hun hadde satt seg på steinen og forsiktig lirket trusa av seg mens han kysset henne. Det hadde han ikke lagt merke til, og gjorde store øyne da hun la den i hånda hans. Han nølte, det var tydeligvis langt utenfor komfortsonen hans. Beina hennes pakket seg rundt hoftene hans og dro ham inntil seg. Han skalv på hendene da han løsnet beltespennen og lirket ut det hun var ute etter. Mens de knullet på steinen hadde han sett nervøst rundt seg hele tiden. Hun måtte fnise når hun tenkte på det nå.

Steinen hadde skrapt henne opp på baken, og hun hadde ledd, og sagt at hun ikke kom til å kunne sitte ved pulten på jobben i morgen. «Ja, jobben din ja. Vet du at du faktisk ikke har fortalt meg noe om hvor du jobber?» Hun bannet til seg selv, og hadde spøkt det hele vekk med at hun egentlig var Batman og ikke kunne fortelle så mye om det. Han hadde heldigvis bare ledd og latt være å spørre mer.

«Hei, jenter.» Øystein stod i døråpningen med en pappkopp i hånda. En kaffedråpe hadde funnet veien nedover fingrene hans. Den hang fra lillefingeren og skalv i frykt for å slippe taket. Smilet hans var slitent og han var hoven under øynene. Hun skulle til å spørre om han hadde sluttet å sove, men tok seg i det. «En av dere må hente ned arbeidstøy til han nye sjåføren før 9 i dag.» «Det blir deg, Helene, det er så mye å bære på og jeg kan fremdeles ikke belaste armen.» Helene knurret mot henne, men turte ikke si noe imot foran Øystein. «Madelen, ta med deg laptopen og kom inn på kontoret mitt om et kvarters tid.» Hun nikket.

Papirbunker lå utover skrivebordet. En og annen kaffeflekk prydet både bordet og noen av papirene. Den plutselige forandringen skremte henne litt. Det hadde alltid vært ryddig og rent på kontoret til Øystein. En stemme i bakhodet hennes pep at hun kunne ha gått for langt, men ble raskt overstyrt av stemmen som sa at hun ikke kunne noe for at han ikke respekterte ekteskapet sitt, eller behandlet damer som forbruksvarer. Dette hadde han gjort med seg selv, hun bare hjalp det hele en liten smule på rette veien. Hun anstrengte seg for å ikke vise at hun la merke til at han nesten gikk i oppløsning. Hodet hans hvilte i hendene og først da laptopen hennes dunket i bordet ovenfor ham så han opp. «Der var du, ja. Du skal ha ansvaret for å arrangere julebordet i år. Alle må ha fått vite datoen før september er over, selv om du ikke har detaljene satt ennå. Budsjett er 2100 pr hode og det må være lett å komme seg til og fra.» Hun noterte i samme tempo som han snakket, mens tankene hennes føk enda raskere. Han hadde alltid planlagt julebordene selv. Var han så ille ute å kjøre? Var det normalt å planlegge det så lenge før? Burde hun ha dårlig samvittighet? Det var på nippet til at hun spurte om det var noe hun kunne gjøre for ham, men hun syntes ikke han fortjente det. Dessuten ville det bare føre til at hun ble såret igjen.

Det stakk i henne da han sukket. «Beklager om det kommer litt brått, men i år er det så mye som skjer i privatlivet mitt så noe må jeg si fra meg.» Øynene hans så granskende på henne, som han søkte etter et hint av det de hadde hatt. «Det går fint, Øystein, jeg håndterer det.» Klasket da hun lukket laptopen så ut til å få ham til å skvette. «Regner med at det var alt?» Hun rakk ikke å reise seg før han sa; «Sitt litt til, Madelen. Jeg skjønner at du kanskje ikke interesserer deg for privatlivet mitt, spesielt nå som jeg hører at du har funnet deg en fyr. Går det bra med det forholdet forresten?» Hun knuget laptopen til brystet med den friske armen. Det føltes som å falle. Etter all den tiden hun hadde måttet bruke på å slutte å ønske ham tilbake var hun livredd. Hun svarte et kort. «Ja.» Det var tydelig at det moret ham at hun ikke ville diskutere det med ham. Han lente seg langt tilbake i stolen og lot som han forsøkte å skjule smilet sitt. «Så fint. Selv har jeg flyttet fra min kone, om du lurte. Beste avgjørelsen jeg har tatt, selv om jeg ikke har sett snurten av guttungen min siden juni en gang. Også har jeg kjøpt hus som jeg driver og pusser opp. Gjør alt sammen selv. Det er veldig givende arbeid.» Det demret for henne at det var derfor han så sliten ut. «Du har ikke lyst til å komme og se på det da? Det er et flott hus. Stort, nesten litt viktoriansk. Du ville nok likt det. Trappen mellom etasjene har rekkverk med fantastiske utskjæringer. Ser ut som noe dragegreier. Akkurat din stil.» - Hva vet du om min stil? Tenkte hun, men visste godt at han hadde truffet spikeren på hodet. «Ikke se så streng ut, vakre Madelen. Jeg ville ikke såret deg. Igjen.» Naturligvis trodde hun ham ikke. Men det hadde vært godt å høre hvis det hadde vært sant. «Jeg vet ikke om det er noen særlig god ide.» Neglene hennes grov seg inn i håndleddet, som straff for det unnvikende svaret. «Jeg ville bare vise deg huset. Ikke noe mer enn det. Men det er jo ingen tvang. Nei, jeg har vel andre oppgaver å ta meg av også. Da er vi ferdige.» Hun reiste seg sakte. Litt usikker på om han faktisk var ferdig. «Jeg har fysioterapi i dag forresten. Det er tirsdag. Går om en time.» «Den er grei.»

Han kom ned for å spørre om hun kunne kjøpe med snus for ham når hun var ferdig hos fysioterapeuten. Hun nikket til det og tok imot hundrelappen hans uten flere ord enn «sees senere.» I bilen var hun, som vanlig, litt smånervøs for å støte på en av deres egne sjåfører. Høye nervøse skuldre slapp ikke ned før hun var ute av sentrum. Så parkerte hun ved Hvervenbukta, plukket Odins Ulver, en bok i en serie hun for tiden var vill etter, og telefonen ut av veska, og gikk ned til benken som var blitt fast plass for henne to ganger i uka. Mens hun gikk stilte hun den inn til å ringe når timen skulle være over.

Benken vendte ut mot vannet, og høye trær kastet skygge over den, så hun slapp å bli så plaget av varmen. Med lukkede øyne sugde hun til seg lukten av sjø og måkeskrik. Hun satt slik i noen minutter før hun ble rastløs og begynte å lese. Én stille, herlig time hvor hun rømte til sjøs med vikingene og lot verden få seile sin egen sjø, to ganger hver uke. Hun kunne fort bli vant til dette. Det føltes alltid som for kort tid når telefonen pep om at hun måtte tilbake på jobb. Hun sukket og gikk ned til bilen igjen. Kjørte pliktskyldig innom kiosken og ordnet en boks General porsjon til sjefen før hun dro tilbake til jobben.

Han ba henne komme inn og lukke døra når hun kom tilbake igjen. «Jeg mente ikke det jeg sa i sted,» sa han. «At jeg skulle ordne julebordet?» Spurte hun, men visste godt at det ikke var det han mente. Han himlet med øynene. «At jeg ikke ville noe mer enn å vise deg huset. Jeg savner deg, vakre du.» Det var ganske smart av ham, tenkte hun, å si vakre du og andre kallenavn til damer, så han slapp å gå surr i navn og bli uvenner med noen. «Jeg har en fyr, vet du.» «Men jeg ser det på deg, Madelen, at du savner meg og. Kan du ikke komme innom meg og snakke om det i kveld? Jeg er seriøs. Jeg har lyst til å bo sammen med deg. Du og jeg i det viktorianske huset.» Han fikk et drømmende uttrykk i ansiktet. Hun smilte. Snart ville han lære noe om å leke med andres følelser. Hun gikk med på å møte ham og fikk adressen.

Kapittel 14

Vinden suste rundt kroppen hans, så håret og den åpne jakka flagret. Med ansiktet vendt mot himmelen suste han oppover. Han visste han gjorde det, for han kunne kjenne det i hele seg. Likevel kom han ikke nærmere himmelen eller lengre fra bakken. Det føltes som han hadde flydd slik i timevis. Kanskje mange dager – så pep det i lungene og han hev etter pusten og innså at han fremdeles lå på bakken, under treet. Han hadde mistet fullstendig følelsen av hvor lenge han hadde ligget der. Hodet hans spant av svimmelhet. Han ville stryke håret ut av panna, men armen lystret ikke. Pulsen steg, og det kjentes som om øyeeplene ristet hver gang hjertet slo. Som om han kunne se sin egen puls. Halsen ble stadig trangere, og han jobbet så hardt for å få puste at det må ha vært hørbart milevis unna. Tanken gjorde ham både lettere til sinns og skamfull. Det han hadde gjort var så nedrig. Så patetisk. Han fikk seg ikke til å komme på hvorfor han hadde gjort det. Livet burde ha passert i revy for ham idet han falt og skulle dødd. Alt som passerte var de idiotiske valgene han hadde tatt, gang på gang. Dumme ting han hadde sagt. Alle gangene han hadde gjort seg selv ett hakk mindre verdifull enn han startet som, helt til han var den laveste av alle livsformer. Folk han hadde sviktet. Madelen. Han hvisket navnet hennes. På en måte føltes det godt å si det, men han kunne ikke unnslippe smerten over at han hadde ødelagt ethvert håp om å få henne tilbake. Å tenke på seg selv som en far, en sterk voksen som skulle ledet denne vesle, tillitsfulle skapningen til å kunne ta vare på seg selv, det gikk ikke lenger. Han var ingen far. Det var ingen trygghet i hva han kunne tilby, og kanskje hadde det aldri vært det heller. Tårene strømmet nedover tinningene og gjorde håret hans vått. Ingen del av kroppen, annet enn hodet, kunne han kjenne. Ingen kontroll over armer eller bein. Hvilken ond metafor for livet mitt, tenkte han. Ingen kontroll – hodet helt separat fra alt annet. Han hadde alltid visst bedre. Skjønt at han tok de dummeste avgjørelsene, men gjort det likevel, derfra var hans eneste kilde til sin datters liv hva enn han kunne plukke opp når de gikk forbi hverandre på gaten, og noen stjålne ord fra den gamle sjømannen, som tross alt snakket med henne et par ganger i måneden. Selv han hadde blitt borte for ham. Om han bare hadde ropt til Are at han stod midt i bilveien, i stedet for å gaule om telefonen. Stakkaren hadde ikke skjønt noen ting.

«Sitter du fast?» En liten pjokk kikket på ham. Med fingeren dypt begravet i nesa lot han blikket gli nedover Gorm, fullstendig utilslørt. Gorm kremtet. Stemmen hans føltes som rustet fast. Gutten hadde ikke hastverk med å få svar. Han stod like rolig og grov. Joggebuksa hans var hvit, med grønske og jord på knærne. Håret hans var ravnsvart, for langt, og flokete. Til slutt fikk Gorm hostet ut et hest «Ja,» og han håpet det var noen voksen som tok seg av dette barnet, til tross for at han opplagt ikke fikk noe hjelp til personlig stell. Fingeren smatt kjapt innom de smale leppene hans. Gorm ble kvalm. «Æsj, gutt – ikke putt nesegørr i munnen. Fy.» Han trakk på skuldrene og stakk hånda i lomma. Det kunne virke som om han hadde hørt det før, men ikke så noen grunn til å høre etter. «Skal jeg hente mamma?» «Ja. Fort.» Gutten nikket og slentret vekk. Gorm bannet stille til seg selv. Det vesle hodet var sannsynligvis så fullt av slim og bakterier at det ikke var noen vits i å håpe på at han husket oppgaven. Likevel var det vanskelig å la være.

Det var begynt å bli kaldt. Forresten hadde det vært kaldt lenge, han hadde bare ikke tenkt over det ennå. Ørene var vonde av kulden, og Gorm følte seg som en sutrekopp over å fryse når det tross alt var sommer. Gjennom smale øyne forsøkte han å bedømme om det var morgen eller kveld. Lyset kastet lange skygger og bakken var fuktig. Nesa hans klødde. Han gadd ikke lenger å forsøke å løfte armene for å få klødd den. Morgen. Det måtte definitivt være morgen. Han lukket øynene igjen. Et sted i bakhodet føltes det som om noen nettopp hadde vært der og snakket til ham. Husket ikke helt – var det en kvinne kanskje? Eller et lite barn? Han avfeide tanken med et fnys. Han måtte ha drømt det. Han kunne ikke huske ansiktet engang, så det må ha vært fantasien som spilte ham et puss. Han kunne dessuten ikke høre noen mennesker i nærheten. De eneste lydene han kunne høre var suset fra vinden og fuglemas.

Et sted i det fjerne kjeftet en streng kvinnestemme på et språk han ikke forstod. Det var i alle fall en hard og høy stemme. Stemmen til den type kvinne som høres ut som hun kjeftet, selv når hun ville fortelle deg noe fint. Han grøsset og var glad for at han ikke hadde noen slik kvinne i sitt liv. For sitt indre øye så han Astrid foran seg. Så mild og rolig. Stemmen var som krem. «Bruk bestikket. Rett deg opp. Spis grønnsakene dine.» Hun formante og bestemte, men den milde stemmen og myke smilet fikk det til å høres så hyggelig ut. «Rett deg opp i ryggen, sa jeg.» Deretter, med øynene på servitøren som holdt vinflasken spørrende over glasset hans «Nei, takk – han er forsynt.» Det må ha vært tredve år siden de var ute sammen sist. Han husket det som om han var der nå. Etterpå hadde hun måttet støtte ham hjem. Han husket med varme den gode følelsen av at hun gjorde det uten å klage på ham. Som om det var selvsagt at hun skulle gjøre det.

Et støkk fòr gjennom ham og han ble bråvåken av en skarp lyd rett ved øret sitt. «Nei, han er våken nå. Men han har nok ligget her i et par dager. Man ser det på at han har ... At han er møkkete.» Han lukket øynene da han skjønte hva hun mente,

187

kvinnen som satt på huk ved siden av ham med telefonen ved øret. En varm hånd strøk ham på kinnet og det gjorde det vanskeligere å holde igjen tårene. «Det gjør ingenting. Alt går fint. Vi order hjelp til deg.» Hun sa noe på et språk han ikke forstod og lette fottrinn føk bort fra dem. Han ville ikke vite hvor mange mennesker som stod rundt ham nå. Stod der og så på hans møkk og ydmykelse. De lette trinnene kom tilbake og et teppe ble lagt over kroppen hans. Nysgjerrigheten overvant ydmykelsen og han åpnet øynene halvt –han ville snike til seg et glimt av henne uten at noen så det. Hånden hennes strøk ham fremdeles på kinnet og hun smilte trøstende. Hun hadde smilehull i de gyllenbrune kinnene sine. En tynn stripe av sort hår, med enkelte grå, stakk ut av hijaben og tegnet en stripe over pannen og øyet hennes. At hun var så vakker gjorde det hele så mye verre.

Straks hun kom inn i leiligheten følte hun at noe var feil. Støvete klær over esken i gangen, kaffeflekkene på det grå linoleumsgulvet og tomme ølbokser bortetter benken – alt var egentlig som det pleide, så hun kunne ikke forstå uroen hun følte. Det var heller ikke noe uvanlig i at han ikke var der når hun kom. Hun hadde egen nøkkel og trengte ikke å avtale noe på forhånd. I stedet for å rydde ut av kjøleskapet eller vaske ble hun gående hvileløst rundt i leiligheten. En stund ble hun stående foran et bilde av storesøsteren. Da det ble tatt må hun ha vært omkring tre. Munnen var åpen i et gedigent smil og små, tjukke armer strakte seg mot hvem det enn var som tok bildet. Det føltes så rart at den blide, tillitsfulle smårollingen på bildet noensinne kunne bli til det følelsesmessige vraket hun hadde blitt. Det gjorde fysisk vondt å se på at hun ikke klarte å knytte seg til noen i mer enn noen få uker. Innimellom bare for noen få timer, etter det hun hadde hørt. Men ikke fra Madelen selv.

Forsiktig åpnet hun soveromsdøren. Hun pleide ikke å gå inn her. Hvorfor kunne hun ikke si med sikkerhet, bare en følelse av at det ble feil. Som om det var noe uanstendig over det. Han lå ikke i sengen heller. Ikke at hun hadde ventet det. Han ville i så fall snorket, og det foregikk såpass høylytt at Eirin var forundret over at han ikke vekket seg selv med det. Under puten lå sjokoladen hun hadde gitt ham for flere uker siden. Sentimentale gamle tufs, tenkte hun – og ble rørt. Hun stakk den tilbake. Håpet den havnet på eksakt samme sted så han ikke skulle merke at hun hadde vært der inne.

Da hun kom ut i stuen igjen skvatt hun av at telefonen hans lå på stuebordet. Hadde den vært der hele tiden? Han gikk da ikke ifra den. Ikke en eneste gang hittil hadde han gjort det. Til det var han for redd for å gå glipp av det hvis et mirakel skulle gjøre at Madelen ringte. Hjertet hennes hamret seg opp til halsen hennes og hendene skalv. Hun vandret hvileløst en stund til, men nå dundret føttene hennes i bakken. Hun kunne ikke komme på en eneste fornuftig ting å gjøre med situasjonen. Ikke var det noen andre familiemedlemmer hun kunne lufte frykten sin med og ikke kunne hun ile ned på puben etter ham heller. Da ville hun måtte sikre seg at Madelen ikke var der først. Hun stirret på telefonen hans mens hun forsøkte å bestemme seg. Klokken var ikke 17 engang. Fornuftige folk var ikke å finne på puben så tidlig. Men man kunne aldri vite med Madelen. Enn om han var skadd? Til slutt ringte hun politiet og ville melde ham savnet. Mannen i andre enden sukket oppgitt. «Du vet ikke hvor lenge han har vært borte? Han kan ha gått ut rett før du kom. Jeg beklager, men vi kan ikke sende ut noen savnet-melding ennå. Hvis han ikke er tilbake i morgen ...» Hun avbrøt ham. «Men han kan ha vært borte et par uker. Det vet jeg ikke.» «Beklager, men vi har fullt opp i dag. Det er ikke anledning til å lete etter ham. Du kan forsøke å ringe til sjukehusene hvis du vil.» Sint la hun på røret uten å takke eller si ha det. Kinnene hennes ble røde over sin egen uhøflighet, men på et plan føltes det veldig godt å gjøre det. Som om hun ikke trengte å bry seg noe om hva folk følte, eller hva noen mente om henne. Det måtte være sånn det føltes å være Madelen hele tiden.

Etter å ha blitt satt over til det som måtte ha vært minst halve staben på alle sykehusene i distriktet knurret hun oppgitt. «Jævla rotehuer, de må da vite om de har ham eller ikke,» freste hun til seg selv og rødmet igjen. «Unnskyld?» sa en kvinnestemme i andre enden. Eirin snublet over støvsugeren så den startet, og med skjelvende hender trengte hun to forsøk på å få skrudd den av, før hun fomlet på gulvet etter telefonen. «Um, er du der fortsatt?» Med et halvkvalt fnis svarte stemmen, «Jeg er her. Er alt i orden?» «Joda. Men jeg lurer på om en person er innlagt på sykehuset deres. Om han er skadd, fordi han er borte uten å ha sagt noe.» «Ja, det fikk jeg beskjed om. Gorm Kjellevold. Han kom inn for noen få timer siden. Er du i familie med ham?» Hun nølte et øyeblikk før hun svarte. «Jeg er i hvert fall det nærmeste han har.» Det holdt. Hun fikk informasjonen hun trengte. Så føk hun på dør uten å bry seg med matvarer i romtemperatur eller uvasket gulv. Det føltes bra å ikke være en flink pike hele tiden.

Madelen forsøkte å protestere, da Eirin ringte og forsøkte å kommandere henne med seg. «Jeg har en avtale i kveld, Eirin. Hva er det som haster så fælt?» «Bare møt meg på parkeringsplassen til Ullevål sjukehus så fort du kan. Jeg skal forklare etterpå. Du må komme, det er kjempeviktig.»

Kapittel 15

Under slanger, ledninger og stiv ekkel sykehusdyne lå han. Fremdeles ikke våken. Madelen satt med armene i kors og stirret på ham. Munnen hennes var åpen og hun hadde ikke brydd seg med å tørke vekk de sorte stripene mascaraen hadde tegnet nedover kinnene. Eirin klarte ikke å tyde om det var mest avsky eller mest lettelse i blikket hennes. «Fy faen,» hvisket hun igjen. Det var det eneste hun hadde sagt siden Eirin fortalte henne at faren hennes var i live og at det hele hadde vært en løgn. Bortsett fra når hun hadde stoppet utenfor rommet og ville snu igjen. «Det er ikke noen liten hvit en dere har dratt her. Du er klar over det, eller?» Eirin hadde bare klart å nikke mens hun tok hånda hennes. Madelen hadde trukket den til seg igjen, men ble med inn. Heldigvis. «Kommer du noen gang til å tilgi meg for dette?» hvisket hun mot vinduet. «Hold kjeft,» svarte Madelen krast, men krafta var borte fra stemmen hennes, og Eirin trodde ikke at hun mente det. «Jeg har sett denne fyren hundre ganger. Kjente ikke igjen noe ved ham. Bortsett fra kanskje øynene. Han har forandra seg mye. Mener du at han visste hvem jeg var hele tia?» «Ja. Jeg er lei for det.» «Kjeften!»

Endelig rørte det seg fra sengen. Hodet snudde seg fra den ene til den andre siden og han gryntet misfornøyd. Eirin snudde seg vekk fra vinduet, hvor regnet en stakket stund hadde gitt henne noe annet å fokusere på. Tennene hennes grep om underleppa og hun holdt pusten i frykt for hva søsteren nå kunne komme til å finne på. Hun lot armene gli ned fra brystet og reiste seg uten å ta blikket fra ham. «Du synes ikke du hadde tatt fra meg nok da du slutta å besøke meg da jeg var sju?» Han gryntet igjen. Blikket hans var forvirret og ufokusert. «Du måtte late som du døde også. Det her må være instant-karma, din jævla fitte.» Han rystet på hodet. Det så ut til å få noe på plass for nå så han på Madelen med åpen munn. «Jeg mente ikke noe vondt med det.» «Hva trodde du det skulle være da? Kjempedigg at faren min dumper meg og spiller død for å slippe unna meg. Var det sånn du tenkte?» «Eirin, kjære du, hva har du gjort?» Han snudde hodet fortvilet mot henne. Leppene hans skalv. «Nei!» Hun hylte nå. Fingeren pekte på ham og hun så helt vill ut. «Ikke skyld på henne. Dette var din ide.» «Ja. Men jeg ville beskytte deg, vakre barnet mitt. Ville ikke at du skulle ha en sånn jævla taper til far.» Madelen dumpet ned i stolen igjen. Trass og sinne lyste fremdeles av henne, men hun så ut til å tenke. Eirin hadde lyst til å løpe bort og holde armene rundt henne. Det krevde alt hun hadde av krefter å bli stående, selv om hun visste at Madelen bare ville riste henne av seg. Hun så nesten helt fattet ut igjen. Reiste seg og la veska over skulderen. «Jeg må gå. Jeg har en avtale jeg må rekke.» «Er dette siste gang jeg ser deg?» Han hvisket ordene mens hun gikk mot døra, og hodet hans kvakk tilbake da hun bråsnudde. «Ikke faen om du slipper så glatt unna. Jeg kommer tilbake. Du har noen spørsmål du skal besvare.» Så smalt hun døra igjen bak seg.

Regnet falt tungt og høylytt på frontruta innen hun kom fram til huset hans den kvelden. AC /DC strømmet ut fra høyttalerne i bilen. Madelen frydet seg over hvor godt den myke hamringen blandet seg med gitarriffene. Fet lyd, tenkte hun, mens hun trommet på rattet. Alt for å vri tankene vekk fra løgnen. Det føltes så absurd. Katastrofe og lettelse i grusom forening. Huset var gedigent. Over inngangsdøren var en baldakin med et utskåret mønster oppover bjelkene. Gjennom regnet så hun ikke detaljene, men det var imponerende uansett. Endelig så hun frontlysene fra bilen hans i bakspeilet. Hun hadde mistenkt ham for å komme for sent med vilje. Tvinge henne til å vente på ham for å vise hvem som bestemte. Derfor passet hun på å være intenst opptatt av boken sin mens han gikk ut av bilen, slik at han måtte gå bort til henne og stå i regnet til hun reagerte på bankingen på ruta.

Han var blid likevel. Hun lot all bablingen hans, om detaljene om huset og oppussingsplaner passere rundt ørene uten å registrere så mye av det. Etter at han hadde detaljert alt han skulle gjøre i første etasjen, som han skulle starte med, falt hun litt ut. Huset hadde potensial til å bli veldig elegant. Trappen, med gelenderet han hadde skrytt sånn av, var lang og unødvendig bred. Den skrånet ut, slik at den var kjempebred nederst og ganske smal øverst. Så merkelig og unødvendig, tenkte hun. Gulvet var av ordentlig tre, og her og der lå flekkete filleryer. Forhåpentligvis bare på grunn av oppussingen. Fra taket hang en lysekrone i krystall, og tapetet så ut til å ha flasset av på egenhånd. Øverst i trappen stod en gammel, solid verktøykasse i jern. Hun merket seg det mentalt, deretter så hun på ham og nikket som om hun var veldig interessert.

Da de gikk videre til kjøkkenet bød han henne å sitte på en av de to krakkene han hadde satt fram, og skjenket to glass vin. «Du får drikke begge, Øystein. Jeg kjører.» Han satte dem fra seg på gulvet ved siden av krakken og tok den friske hånden hennes i begge sine. «Jeg er så glad i deg, kjære du. Vil du ikke gi meg en sjanse til? Det ville ikke blitt i det skjulte som sist. Du kunne flyttet inn her. Jeg tror vi hadde fått det fint.» Bønnen i øynene hans fikk henne til å vrenge seg av kvalme. Dette var ikke mannen hun var ute etter. Hun trakk hånda si fri og la den på kinnet hans. «Som jeg har prøvd å si har jeg en ny fyr nå. Han bryr seg om meg. Flyr ikke fra dame til dame som om han var livredd for å gå glipp av en.» Han tørket en tåre og hun måtte bite seg på innsiden av kinnet for å ikke rynke på nesen i avsky.

Angsten slo ned i henne som et lyn. Det føltes nesten som hun hadde fått støt gjennom hele kroppen og hun reiste seg på et blunk. Det pep i hodet hennes. Det eneste som kunne overdøve pipingen var hamringen fra hjertet hennes. Heldigvis. Det kunne stoppe hvert øyeblikk. Det var en lettelse å høre at det slo, men hun syntes det hørtes for urytmisk ut. Hun var overbevist om at hun ville registrere at hjertet var stille før hjernen koblet ut og hun var vekk for alltid. Noe usynlig klemte henne ned. Ville skvise alt liv ut av henne, så hun strakk ryggen så lang som hun kunne for å motstå det. «Jeg må gå nå. Beklager. Jeg er dårlig.» Hun småjogget mot bilen sin. Hørte ham rope etter henne i døra, men kunne ikke få beina til å stoppe.

Bilen kjørte i vill fart bortetter gamle mossevei. Det føltes som den var den som dro foten hennes ned mot gassen og ikke motsatt. Det var ikke hun som kjørte. Det kjørtes helt uten hennes medvirkning. En bil hun passerte tutet. Bilen tutet tilbake, med hennes hånd. Bilen skrenset i en sving, og på autopilot svingte hun imot og klarte så vidt å få orden på svingen uten å havne i grøfta. Først da hun hadde passert alle de halsbrekkende svingene på smale, gamle veier hadde hun gjenvunnet kontrollen. Angsten hang fortsatt i, men hodet pep ikke lenger, og lungene tok til seg luften hun hev etter.

Hun løp opp trappene hjem, og tørket ansiktet sitt så godt hun kunne med genserermet før hun åpnet døra. Jørgen satt der med nesa ned i PC-en. «Hei, skatt, hvor har du …» Det var som om ansiktet skled av ham da han så henne. «Kjære deg, hva har skjedd?» Han reiste seg og holdt armene tett om henne. Hvisket til henne at uansett hva det var, skulle han hjelpe henne med det. At han alltid kom til å være der for henne. Det føltes så trygt og godt når han strøk hånda varsomt og kjærlig over håret hennes. Hun klarte ikke å svare. At en død mann hadde dukket opp i livet hennes føltes så klovnete at hun ikke visste hvordan hun skulle forklart det, og det med faren hans kunne hun ihvertfall ikke si. Det virket heller ikke som om han forventet noe svar nå. Hun gråt lenge. Lot ham ta hånda hennes og følge henne til senga, hvor han fortsatte å trøste henne til han sovnet, da hun hadde vært rolig en stund.

Det slo henne at det var helt idiotisk at denne fyren var den hun skulle såre mest av alle. Denne tålmodige, rolige mannen med det vakre vesenet. Hun ble liggende å se på ham mens han sov. Husket hvor vennlig og imøtekommende han hadde vært den morgenen de hadde våknet sammen for første gang. Han grov ikke når hun ikke ville svare. Han lot være å barbere seg kun fordi hun syntes det så bra ut, selv om han hatet å ikke være glattbarbert. Han stolte på henne uten noe bevis for at hun var pålitelig. Hun var smertelig klar over at hun var upålitelig, men nå ville hun ikke være det lenger. Ville heller være den kjæresten han ønsket at hun skulle være. Ønsket at hun klarte det. I hodet sitt analyserte hun hele livet sitt, og krympet seg av rotet hun alltid omga seg med. Hun tok en avgjørelse. Det føltes som sitt livs første. Aller først måtte hun få nøstet opp de løse trådene. Lydløst smøg hun seg ut av senga og grep bilnøklene. De klirret. Forbannede nøkler. Hun holdt pusten og ventet. For alt i verden måtte han ikke våkne. Han rørte seg ikke. Da smatt hun ut.

Hånda gjorde vondt av hvor hardt hun måtte dundre på døra. Det var snart morgen. Noe måtte han ha rukket å sove siden hun gikk. Hun hadde ingen plan for hva hun skulle gjøre om hun ikke fikk ryddet nå. Han ble ganske enkelt nødt til å lukke opp. Det subbet og romsterte et sted inne i huset. Lettelsen lokket fram smilet hos henne. Det ville bli helt feil, hun måtte bli kvitt det, men det var som det satt fast. Hun kunne ikke stå her som et glisende fjols. Fort nappet hun ut et par hårstrå fra tinningen. Det tvang til og med fram blanke øyne. Perfekt.

Han så helt sjokkert ut da han åpnet døren. Stemmen var sliten og sur. «Hva gjør du her?» Døren stod bare på gløtt og hun kunne ikke se mer enn halve ansiktet hans. Dette var ikke reaksjonen hun hadde håpet på. «Elskling, du hadde rett,» sa hun med sin mykeste smiskestemme. «Å?» Han så bare marginalt blidere ut. «Jeg har savna deg. Var så sint på deg, baby, for at du gikk fra meg. Men nå har jeg tenkt meg om. Kan vi ikke snakke om det?» Døren gled helt opp, men han sa ingenting. Et øyeblikk var hun redd for at han mistenkte noe.

«Hva fikk deg til å ombestemme deg? Hadde du ikke en fyr nå?» Han lette etter noe i øynene hennes igjen. Hun slo dem ned. «Han er ingenting sammenlignet med deg, baby. Det er du som får hjertet mitt til å slå kollbøtte.» Hun bet seg i leppen. Kanskje hun smurte litt for tjukt på, det kunne slå feil. Så smilte han innbydende som bare han kunne. «Jeg er så glad for å høre det, Madelen. Kom inn på kjøkkenet.» «Jeg vil se andre etasjen. Hent krakkene og vinen, kjære.» Hun gikk opp trappene mens han gikk raskt mot kjøkkenet.

«Jeg knuller Jørgen forresten,» ropte hun etter ham på vei opp trappen. «Hva? Hva snakker du om?» Hun lo påtatt og hysterisk. «Sønnen din, Øystein. Han har bodd hos meg i fire måneder nå. Faen så mye bedre enn deg han er i senga. Han kommer ikke til å flytte hjem igjen.» Hun gned seg i den verkende panna, og kom på at det kanskje ikke var spesielt negativt for foreldre til barn over 20. «Og han har sluttet på skolen for å jobbe som sjåfør,» la hun ertende til. Han trampet oppover trappen, så den ristet. Hun hørte ham kjefte og rope, men oppfattet ikke ordene. Øverst i trappen grep hun verktøykassen. Den var tung å løfte. Armene hennes svingte lett på den. Kjente på momentet. Så følte hun ham nær. Slang den lett til den ene siden og av all kraft rundt den andre veien.

To rader med perfekte perlehvite tenner, om enn noe skjeve, gapte mot henne, før tre av dem spratt ut til siden da kassen traff. Overraskelse kledde ham virkelig ikke. Tenk at hun hadde beundret ham. Elsket ham. Trodd at han var så sterk og uovervinnelig. Han så patetisk ut når han var overasket, enda mer når han siklet blod. Armene veivet vilt rundt ham før han mistet balansen fullstendig. Et øyeblikk nådde fingrene hans rekkverket. En ekkel smattelyd, da hun sparket dem løs, fikk henne til å grøsse. Hun snudde seg tilbake, fisket en klut opp av lommen og tørket av verktøykassen under og på siden. Satte kassen fra seg og tørket møysommelig over håndtaket, før hun stappet kluten tilbake i lomma.

Så stod hun stille og ventet, ubevegelig. Rolig som bare Erik kunne lært henne. Det føltes som det tok en evighet for ham å nå bunnen av trappen. Lyden av knekkende knokler og våte klask fikk skylle over henne som om det ikke angikk henne i det hele tatt. Det overasket henne at skrikingen uteble. Bortsett fra ett enkelt pip av forskrekkelse utstøtte han ikke mer enn svake stønn. Stønn av smerte, stønn av nytelse, stønn av frykt - det var vanskelig å skille dem, derfor lot hun seg ikke affisere av dem. Det kunne like gjerne være alle årsakene på en gang. Stønnene gav gjenlyd fra de nakne veggene. Hun lyttet, ventet. Ikke en nerve i kroppen fikk henne til å krympe seg over lyden, så lite ante hun at den ville forfølge drømmene hennes for alltid, etter denne natten.

På et vis håpet hun at han forstod at han hadde brakt dette på seg selv, ved å være så skjødesløs med følelsene hennes. Det var faktisk selvmord. Hans kjærlighetserklæring hadde, som hun så det, vært et løfte om å beskytte henne. Verne om hennes sarte hjerte. Han burde forstått at det ikke ville tåle sviket hans, derfor kunne han like gjerne ha kastet seg selv ned den trappen.

Tanken på at det kanskje fremdeles ikke hadde slått ham, var bitter. Det kunne lett ha vakt raseriet hennes igjen om hun ikke voktet seg vel. Mens hun gikk gjennom Aleksanders ord i hodet sitt, lukket hun øynene og svaiet lett. Bare minutter senere kunne hun riste det av seg. Hun la sinnet bak seg, før hun snudde seg og gikk rolig ned trappen.

Forsiktig trippet hun utenom blodflekkene for å ikke skli. Ved kroppen nølte hun et øyeblikk, det var fremdeles liv i den. Det var en strek i regningen. Det surklet i pusten hans og han rallet lavt. Det kunne ikke være lenge igjen. Hodet hans så mot kjøkkenet og den blottede brystkassen hans var vendt opp. Det kunne se ut som brystvortene stirret mot taket. Om han faktisk så eller ikke visste hun ikke. Det var for mye blod i ansiktet til at hun kunne vite det. Hodet rullet litt opp og virret frem og tilbake et par ganger. Hun lurte på om han prøvde å se mot henne. Et sår i tinningen sendte en liten fontene av blod ut, i takt med pulsen. Den gikk saktere enn hun hadde trodd.

Hun bestemte seg for å benytte sjansen. Hun rygget bakover mot trappa igjen, og satte seg i den med albuene lent på knærne. Med vaktsomme øyne så hun på mens livet ebbet ut av ham. Pusten gikk tregere nå. Hun lurte på om han var ved bevissthet. «Øystein? Kan du høre meg?» Pusten stanset opp litt, deretter ble surklingen mer intens. Spytt og blod dannet en boble på leppene hans. Hun rynket nesen i avsky og håpet den ville sprekke snart. «Øystein, dette her har du bedt om selv. Jeg vil at du skal lære noe av dette. Jeg er en følsom person. Det visste du fra før av, men du tok ikke noe hensyn til det. Du kan ikke utnytte folk som meg. Folk blir sure av det. Det er selvmord, det.»

Det pep i halsen hans. Hun skjønte at han prøvde å svare, men hun hadde ikke en sjanse til å tyde hvilke ord han prøvde å ytre. «Du burde hatt litt respekt for kona di, egentlig. Og ikke hatt noe forhold til meg i det hele tatt.» Så lo hun gledesløst mens hun så ned på hendene sine. Hender som hadde drept. Hun var ikke sikker på om hun følte mest ærefrykt over seg selv, eller om hun burde tenke på det som et nederlag - hun som hadde jobbet så hardt med å mestre sinnet sitt. Til slutt bestemte hun seg for at det bare var et ærend som måtte gjøres. «Vedder for at du angrer på det nå.» Hun var stille igjen, og ventet på at det skulle være over. Så seg om etter noe å slå ham i hodet med hvis det skulle gå for tregt, men var redd noen skulle skjønne at han hadde blitt hjulpet over på andre siden. «Du er passe dum, da. Hele denne tiden som jeg har vært frisk igjen og latt som om armen er vond, så ingen kunne mistenke meg i alle fall, hvis noe skulle skje med deg. Og du skjønte ingenting, selv om du må ha visst at det du gjorde ville få konsekvenser.» At det skulle være unødvendig, fordi han ikke fortalte noen om dem og fordi hun virket rimelig harmløs uansett, prøvde hun å ikke tenke på.

Han hadde sluttet å prøve å pipe tilbake. Spruten fra tinningen gikk saktere og saktere. Hun kjente ingen utålmodighet lenger. Han visste hvorfor nå. Han kom ikke til å såre henne igjen, noensinne. Hun hadde kontroll her. Roen hadde senket seg over henne innen blodspruten og surklingen hadde gitt seg helt. Hun reiste seg og strakk hele kroppen av å ha sittet så lenge.

Med et langt skritt over kroppen hadde hun lagt ham bak seg, akkurat som med sinnet. Skulderen verket av å ha blitt sluppet ned. Hun hevet den lett til stillingen den var blitt så vant til, og la underarmen over magen. Ute hadde solen begynt å skinne. Den kalde, klare luften luktet jern. Hun stod et øyeblikk og snuste i lufta. Hun hadde kontroll. Hun hadde makt. Livet hennes kunne ingen andre rå over. Hun satte seg i bilen og forberedte seg på et sykebesøk. Hun visste akkurat hva hun hadde lyst til å si til ham.

www.ingramcontent.com/pod-product-compliance
Lightning Source LLC
Chambersburg PA
CBHW020403030726
47496CB00007B/2272